集中外名家经典科普作品
全力打造科普分级阅读图书

DIQIU SHENCHU YOU DAYANG

地球深处有大洋

陈龙银 薛贤荣 薛 艳 主编

王兆贵 等编著

少儿科普精品分级阅读

（12~15岁）

北京师范大学出版集团
安徽大学出版社

图书在版编目(CIP)数据

地球深处有大洋/陈龙银,薛贤荣,薛艳主编;王兆贵等编著.—合肥:安徽大学出版社,2015.9

(少儿科普精品分级阅读.12～15岁)

ISBN 978-7-5664-0992-8

Ⅰ.①地… Ⅱ.①陈… ②薛… ③薛… ④王… Ⅲ.①阅读课－初中－课外读物 Ⅳ.①G634.333

中国版本图书馆 CIP 数据核字(2015)第 183727 号

出版发行：北京师范大学出版集团
　　　　　安　徽　大　学　出　版　社
　　　　　（安徽省合肥市肥西路 3 号 邮编 230039）
　　　　　www.bnupg.com.cn
　　　　　www.ahupress.com.cn

印　　刷：安徽省人民印刷有限公司
经　　销：全国新华书店
开　　本：170mm×240mm
印　　张：8
字　　数：108 千字
版　　次：2015 年 9 月第 1 版
印　　次：2015 年 9 月第 1 次印刷
定　　价：15.80 元
ISBN 978-7-5664-0992-8

策划编辑:钟　蕾	装帧设计:徐　芳　李　军
责任编辑:刘金凤	美术编辑:李　军
责任校对:程中业	责任印制:赵明炎

版权所有　侵权必究

反盗版、侵权举报电话：0551—65106311
外埠邮购电话：0551—65107716
本书如有印装质量问题，请与印制管理部联系调换。
印制管理部电话：0551—65106311

顺应时代需求，荟萃科普精品

陈龙银　薛贤荣

在多地为青少年举办的"好书推荐"与"最受欢迎的图书评比"活动中，科普作品都占有相当大的比重。不但家长和老师希望孩子们多读科普作品，以汲取知识、启迪智慧，而且孩子们自己也非常愿意阅读此类作品，他们觉得对自己的成长有所裨益。

科普作品（包括科幻作品）是科学与文学相结合的产物，此类书在中国的萌芽最早可以追溯到20世纪初叶。

晚清时，中国的知识分子就开始思考用含有科学知识的文学作品启迪民智、更新文化。梁启超于1902年发表的《论小说与群治之关系》一文，强调了包括"哲理科学小说"在内的新小说对文化改良的巨大作用，并翻译了《世界末日记》《十五小豪杰》等西方科幻小说。鲁迅则认为"导中国人群以进行，必自科学小说始"，他翻译了凡尔纳的《月界旅行》《地底旅行》等科幻小说。《新中国未来记》《新石头记》《新纪元》《新中国》等早期科幻文学的一个个"新"，表达了中国人对工业化基础上民族复兴的渴望，所有主题都绕不开现代性的追求。

新中国成立后，特别是改革开放以后，科普作品出现了创作、出版与阅读的高潮。近年来，科普作品进一步与民族复兴的中国梦联系起来。在审美功能不被削弱的前提下，科普作品不仅被赋予了教育价值，还肩负起构筑民族国家精神、引导民族国家复兴的政治理想。人们对其价值与作用的认识达到了前所未有的高度。

本丛书就是在此大背景下问世的。

科普作品的作者一般由两类人构成：一是文学工作者，他们在文学作品中加入科学知识并期盼这些知识能得到普及；二是科学工作者，他们用文学的手法向读者介绍科学知识。具有科学知识的文学工作者与具有文学素养的科学工作者并不是很多，因而，就具体科普作品来说，要想克服忽略生动与感染力的通病，达到科学与文学水乳交融的境界，绝非易事。因此，优秀科普作品的总量不多。

打破地域、时间和作者身份的限制，广泛搜集科普精品，再将内容与读者年龄段精心匹配，使之成为一套科普阅读的精品书，这就是本丛书的编选方针。对于当前的普遍关注而又存在认识误区的话题，如食品安全、环保、转基因利弊等，丛书在选文时予以重点倾斜；对于事实上不正确而大多数人却认为正确的所谓"通说"，丛书则精心选用科普经典作品予以纠正。

本丛书的特点还体现在以下几个方面：

其一是分级，从小学到初中共分为九本，每年级一本。从选文到编排，都充分考虑到各年龄段读者的不同特点。如考虑到一、二年级段的小学生识字不多、注意力难持久集中、理性精神尚未觉醒等特点，在选文时多选短文，多选充满童心童趣的童话、故事，尽量避免出现难以理解的专业术语，并加注拼音。初中阶段读者的理解力已经很强了，故而选文篇幅加长，专业术语出现的频率也相对增多。总之，丛书的选编坚持"什么年级读什么书""循序渐进"和"难易适中"的原则，以免出现阅读障碍。

二是保护、激活读者求知与想象的天性。求知和想象本来是孩子的天性。但现在的教育不但忽视了对于孩子想象力的保护和培养，而且在一定程度上抑制了孩子的天性。本丛书力求让读者能轻松阅读、快乐阅读，力求所选作品能够保护孩子的想象力，开发孩子的创造力，让他们得以充分发展。

三是让读者在获得科学知识的同时培养其科学献身精神。科普作品是立足现实、面对未来的，了解知识固然重要，但对于正在成长的少年儿童来说，引导他们关注未来，激发他们去探索科学的真谛，为科学献身，则更加重要。这套书对培养他们的科学献身精神有着不可低估的作用。

目录

第一辑 身边的科学		
	人与蚊子的战争	2
	高科技时代的智能材料	4
	高科技与仿生学	10
	清水和浊水	12
	小龙虾恐慌	16
	反复烧开的水究竟能不能喝	20

第二辑 动物世界		
	动物界的第一次大发展	24
	马	27
	生命轮回的绝唱	31
	飞过侏罗纪的蜻蜓	33
	萤火虫	36
	凤蝶外传	40
	透明的生命	49

	一个蚂蚁新家族的诞生	52
	旱獭维琪的一家	55
	小水蜘蛛	58
	猫头鹰	61
	北极狐狸	64
	蝴蝶赴宴	66

第三辑
探索与发现

	地球深处有大洋	72
	黄河源之一：畅饮鄂陵湖	74
	黄河源之二：鸥鸟发射导弹	78
	黄河源之三：牛头碑	82
	花生长在哪里	86
	科学史上著名公案	
	——谁发现了艾滋病病毒	88

第四辑
科学家的故事

李冰：修筑都江堰的卓越水利工程专家　94

华佗：一代神医，外科圣手　97

李时珍：著《本草纲目》的伟大医药学家　100

张衡：尝试预测地震的第一位科学家　103

丁肇中：常说"不知道"的
　　　　诺贝尔物理学奖得主　106

诺贝尔：世界炸药大王　109

巴甫洛夫：忙碌的"科学苦工"　112

霍金：坐在轮椅上探索宇宙　115

第一辑
身边的科学

高科技武装的现代汽车、电子护照、智能材料、体能发电、磁悬浮列车……在科学高速发展的今天,科学与我们的衣食住行息息相关,一个个匪夷所思的奇迹就出现在我们身边!

高科技给我们带来了便利,也给我们带来了困惑,更给我们带来了挑战!

在我们享受科技成果的时候,要了解它的原理;在我们感到困惑的时候,要找到打开困惑的钥匙;在我们面对挑战的时候,要用科学知识武装我们的大脑。

普及科学知识,让我们从身边开始!

人与蚊子的战争

王兆贵

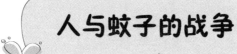

夏来夜短,难得香甜好梦。但如果有一两只蚊子骚扰,那就不胜其烦了。住在高层住宅里的人,现今多已舍弃了蚊帐,代之以纱窗遮挡蚊虫,但在开门关窗之际,难免会有个把"投机分子"乘虚而入。蚊子这小家伙,天生一股子"死叮烂缠"的无赖德性。你刚要入睡,它就会从藏身之处飞出,寻着你的气息,"嗡嗡嘤嘤"地亲近你。你若挥手驱打,它便迅即逃离现场。你好不容易安静下来,准备重拾旧梦,它又卷土重来。几个回合折腾下来,搅得你睡意全无。

有一首古曲,专写蚊子的害处:"恨煞咬人精,嘴儿尖,身子轻,生来害的是撩人病。我恰才睡醒,它百般作声,口儿到处胭脂赠。最无情,尝啖滋味,又向别人哼。"这首古曲用拟人手法,将蚊子叮人吸血、贪得无厌的本性刻画得惟妙惟肖。尽管是恼人的行径,读来却婉约含蓄,化无趣为有趣。"为了我打你,为了你打我。打破你的皮,流出我的血。"这条类似绕口令的谜语,将人与蚊子的战争描述得通俗而又辩证。

到了唐代文学家刘禹锡的笔下,对蚊子就不那么客气了。他以檄文的口吻写道:"沉沉夏夜兰堂开,飞蚊伺暗声如雷。嘈然欻起初骇听,殷殷若自南山来。喧腾鼓舞喜昏黑,昧者不分听者惑。露华滴沥月上天,利嘴迎人著不得。我躯七尺尔如芒,我孤尔众能我伤。天生有时不可遏,为尔设幄潜匿床。清商一来秋日晓,羞尔微形饲丹鸟。"

蚊子虽小,但其比人类的历史悠久。早在1.7亿年前的侏罗纪,蚊子就开始在天地间繁衍生息。现存的蚊子，全球约有3 000种，除南极洲外，各大陆皆有分布，几乎每个人都曾被蚊子叮咬过。仅仅是扰人清梦倒也罢了，可恶的是传染疾病。古往今来，人类不知想出了多少对付蚊子的招数，扇子赶、蝇拍打、烟火熏、架帐子、装纱窗、喷药水、点蚊香，即便如此，也只能起一定的隔离或防范作用，无法完全不受其害，更无法将其灭绝，可见其生命力是多么顽强！

知识链接

蚊子属于昆虫纲，双翅目，蚊科，全球约有3 000种，是一种具有刺吸式口器的纤小飞虫。通常，雌性以血液作为食物，雄性则吸食植物的汁液。吸血的雌蚊是登革热、疟疾、黄热病、丝虫病、日本脑炎等其他病原体的中间寄主。除南极洲外，各大陆皆有蚊子的分布。其中，以按蚊属、伊蚊属和库蚊属最为著名。

高科技时代的智能材料

北京的金

对钢筋、混凝土、塑料、木材等材料,人们再熟悉不过了。它们中大多是没有知觉、没有反应的"死"材料。它们只能被人感知,自己却无法感知外界情况;在出现危机问题时,它们没法告诉人们,也没法自救,只能"坐以待毙"。如今,一些"活"材料正逐步走进我们的生活,并将改变我们的生活。这就是聪明绝顶的智能材料。

何谓"智能材料"

"智能材料"目前还没有严格的定义。大体来说,智能材料就是能感知环境刺激,根据不断变化的外部环境和条件,及时地自动调整自身的结构和功能,并能相应地改变自身的状态和行为,从而使材料系统始终以一种优化方式对外界变化作出恰如其分的响应材料。简单地说,就是智能材料要具备"发现故障"和"自我修复"的功能。但是现有的材料一般比较单一,难以满足智能材料的要求,所以智能材料一般由两种或两种以上的材料复合构成一个智能材料系统。为了"活"起来,智能材料系统要具有或部分具有以下的智能功能和生命特征:传感功能、反馈功能、信息识别与积累功能、响应功能,以及自我诊断能力、自我修复能力、自我调节能力等。

不要以为智能材料离我们很远,其实我们熟悉的变色太阳镜中就含有智能材料。这种智能材料能感知周围的光线强弱,当周围的光线较强时,就自行变暗;当光线较弱时,就变得透明起来。不久以后,智能材料将普遍地在我们的生活中出现,如智能服装会自动调节大小、颜色和温度;变形建筑允许主人按一下键就改变自身的形状;智能窗户会自动调节光线;智能墙壁可以变换颜色;智能房间和屋顶也能根据需求而扩展、收缩,甚至改变外形等。

会"报警"的智能材料

有一次,美国一架大型客机发生坠机事件,机上的270名乘客全部丧生。经过检查,人们发现原来是发动机上的一颗小小的螺丝钉断裂造成的机毁人亡。人与动物生病都有前兆,可以及时进行预防、治疗,但飞机即使裂开了口子,也不会喊痛。于是有人设想:如果飞机在刚出现裂纹,还没有断裂之前,自己能大呼"救命",向人类发出警报,或者在出现裂纹后,自己能立即自动修补并加固,不就可以避免机毁人亡的悲剧了吗?

为了实现这个目标,曾有科学家设想在制造机翼的高性能复合材料中嵌入细小的光纤,这些纵横交错的光纤就如同机翼的神经,可以感受到机翼上承受的不同压力。通过测量光纤传输光时的各种变化,就能测出飞机机翼承受的不同压力。当异常情况发生时,光纤发生断裂,光传输中断,报警装置便发出警报,这时,机组人员可以及时采取防范措施。科学家还设想可以将一种智能材料薄片贴在机翼上,形成机翼的"智能皮肤"。这种智能材料的覆盖层可根据飞行员发出的电脑指令改变外形,一旦飞机的升降舵和方向舵失灵,就可取代它们,使飞机能继续正常飞行。

会"修补"的智能材料

2006年8月5日,当人们聚集在巴基斯坦马尔丹市的一座大桥上看洪水时,大桥突然坍塌,至少有60人在这起桥梁坍塌事故中丧生。像这种事故多数是因材料发生断裂而引起的。为了不让悲剧再度上演,在建筑方面,科学家们正集中力量研制一种能自诊桥梁、高大的建筑设施以及地下管道等"健康"状况,并能自行"医治疾病"的材料。

在这方面,英国伊利斯诺大学的研究已经有了成效。研究人员研制出的一种新型智能混凝土,其不是由水泥、沙石加水搅拌而成,而是把大量的空心纤维埋于混凝土中,在空心纤维里面装满"裂缝修补剂"。一旦公路、桥梁或高层建筑开裂,空心纤维就会随之开裂,修补剂便从中流淌出来,自行填补到开裂的地方,使之愈合。

会"说话"的智能材料

英国科学家们还在研制一种能让残疾儿童借助它"说话"的智能化布料。残疾儿童穿上由这种独特的电子纺织材料制成的马甲,然后连接一个语音合成器,就可以通过轻拍这种触敏性材料使别人明白其意思。把这种材料与适当的电子仪器连接起来,将带来新型外衣的问世;把电话主板集成在袜子里,可以提醒穿着者穿着的新鞋子是否磨脚;将其放入袖子里或球衣中,可让裁判知道参赛者何时被人拉扯过;可以用其制成地毯,以检测走过它的"入侵者";可以用其制成汽车坐垫,能感受乘客体重的分布,调整合适的承受力。

目前,科学家们正在把大部分精力投入医疗保健应用领域,例如用这种布料制成的马甲可帮助残疾儿童(如孤僻症患者或脑瘫患者)与他人进行交流。这些残疾儿童只需简单地轻拍外衣上不同的部位就可以传达不同的信息,信息通过红外信号传给声音合成器或电视屏幕。

这种材料是用普通的布料和一种独创的导电网状饱和碳纤维制成。当布料受压时,导电纤维的低电压信号发生变化,一个简单的电脑芯片就可以精确地指出面料的哪个部位被触摸过。它还可以触发与其相连的、体积不超过两个火柴盒大小的电子设备。这种材料可以洗涤,能裹在别的东西外面或者揉搓。它可以低成本地大批量生产,已有多家跨国公司希望能在以后的产品中使用这种布料。该材料也引起了艺术家的兴趣,期望能利用它非凡的特性带来艺术上的创新。

会"治病"的智能材料

在医疗方面,智能材料还被应用于药物自动释放系统中。日本东京女子医学院已经推出一种能根据血液中的葡萄糖浓度高低而扩张或收缩的聚合物。当葡萄糖浓度低时,该聚合物会缩成小球;当葡萄糖浓度高时,小球则会伸展成带。借助这一特性,该聚合物可制成人造胰细胞。将这种聚合物包封的胰岛素小球注入糖尿病患者的血液中,该小球就可以模拟胰细胞工作。当血液中的血糖浓度高时,该小球会释放出胰岛素;当血糖浓度低时,胰岛素被密封。这样,病人的血糖浓度就会始终保持正常的水平。

由于导电有机聚合物在微电流的刺激下可以收缩或扩张,因而具备将电能转变为机械能的潜力。该类聚合物的导电性使得电刺激可以在整个结构上传导,这样,在不破坏聚合物结构的情况下有可能产生较大幅度的形变。这类导电聚合物组成的装置在较小电流刺激下同样表现出明显的弯曲、伸张或收缩功能。因此,它们有着广泛的潜在用途,在诸如机器人(如轻型齿轮、杠杆、风挡雨刷等)、假肢装置和微型泵等方面可以一展身手。目前,澳大利亚智能聚合物研究所主要在两个项目上取得

了一些进展。其一,将导电聚合物涂覆在预先定性的微纤维上,成功开发了更有序的聚合物装置。该装置可以产生比天然肌肉大15倍的力。其二,成功研究基于碳纳米管的聚合物制动器。这种制动器包括高度有序的纳米管,当电荷加到纳米管上或从纳米管上卸去时,这些纳米管能做出快速的尺寸改变。

有"记忆"的智能材料

你能记得自己刚出生时的情景吗?不记得吧!若不是听父母讲述,相信记忆力再好的人也不可能记得自己刚出生时的情景。但是有一种神奇的材料却记得自己"出生"时的样子,不管人们今后将它弄成什么样子,只要环境温度达到某个点,它就会"想起"自己"出生"时的模样,并恢复本来面目。这种现象被科学家称为"形状记忆效应",具有这种效应的合金被称为"形状记忆合金"或"记忆合金"。

各种卫星通过无线电波将信号传送到地球上,发射无线电波当然离不开天线。令许多人不解的是,天线的直径一般有数米,而且形状各异,那么,这些天线是如何被装进航天飞船里并送上太空的呢?原来,这种天线是用具有形状记忆功能的合金材料制成的。直径数米的天线可降低温度,并压成一小团,然后装入航天飞船里。当天线在太阳光的照耀下,温度升高到记忆温度时,天线的"记忆力"被唤醒了,恢复成"出生"时的样子。

除了用于制作天线外,还有人用记忆合金制成了温室窗户自动开闭器。当温室温度升至25℃时,窗户自动打开;当温度降至18℃时,窗户自动关闭。用记忆合金做支撑架的服装也很有特色,服装在水中可以任意揉搓清洗,但当它被穿到身上时会自动恢复到原来的形状。

知识链接

智能材料,是一种能感知外部刺激,能够判断且本身能进行适当处理的新型功能材料。智能材料是继天然材料、合成高分子材料、人工设计材料之后的第四代材料,是现代高技术新材料发展的重要方向之一。科学家预言,智能材料的研制和大规模应用将是材料科学发展的重大革命。

高科技与仿生学

北京的金

蜜蜂的降落

澳大利亚国立大学的一个科学小组在对6只蜜蜂进行了100多次的观察后得出结论：人类应该向蜜蜂学习降落。研究人员发现，蜜蜂降落时的飞行速度和高度成完美的比例，这样就保证了安全舒服的降落。

科学家根据蜜蜂独特的降落方式，制造出由计算机控制的飞机导航降落装置，并开始进行模拟实验。这项实验的成果称为"微型航空降落装置"，被安装在微型飞行器的机翼两侧。这种导航降落装置应用于军事领域，士兵驾驶微型飞行器进入战场时，可以做到迅速降落。此外，微型航空降落装置还可以为无人侦察机的着陆提供安全保障。

蝙蝠拐杖

世界上有成千上万的盲人生活在黑暗中，出门时即使拿着拐杖也极不方便。他们很羡慕蝙蝠能在黑暗中自由地飞翔，且不会碰到任何障碍物。如今他们也可以像蝙蝠一样自如地活动了，因为英国科学家受到蝙蝠的启发，研制出了蝙蝠拐杖。

蝙蝠能在黑夜中自由飞翔，靠的不是眼睛，而是它自身发出的一种超声波。超声波碰到物体后反射回来，蝙蝠就能知道前面有物体，于是会很轻易地躲过障碍物。英国利兹大学的研究人员从这个原理上得到了启发,研制出蝙蝠拐杖,这种拐杖能发出一种人耳听不见的声呐,帮助使用者探测障碍物,拐杖的塑料柄上有4个接收器,哪个方向有障碍物,哪边的接收器就会产生震动,使用者就知道障碍物的具体方位。如果障碍物离得远,那么接收器的震动就弱;如果离得近,那么接收器的震动频率就加快,拐杖使用者可以及时躲开。

蝗虫的避碰反应

巴西生物工程研究院的科研人员发现,蝗虫在飞行时具有一种能躲避其他物体的特殊功能,因为在蝗虫的大脑中,有一种起运动监控作用的神经细胞。科研人员将电子传感器安装在蝗虫的这些特殊细胞上,然后让蝗虫反复观看汽车飞驰而来的镜头。结果显示,传感器的电流发生了变化,这些细胞曾发出信号,指示蝗虫做出躲避的反应。据介绍,科研人员正在根据蝗虫的这一特殊功能,着手研制开发车用行驶监视装置,以便减少公路上日益频发的交通事故。

知识链接

仿生学,生物学与技术科学之间的一门边缘学科,涉及生理学、生物物理学、生物化学、物理学、数学、控制论、工程学等学科领域。该学科把各种生物系统所具有的功能原理和作用机理作为生物模型进行研究,希望在技术发展中利用这些原理和机理,从而实现新的技术设计并制造出更好的新型仪器、机械等。

清水和浊水

高士其

去年夏天各省抗旱，今年夏天江河泛滥，农民叫苦连天，饿尸遍野，水的问题够严重的了。

伍秩庸先生论饮水说："人身自呼吸空气而外，第一要紧是饮水。饮比食更为重要，有了水饮，虽整天的饿，也可以苟延生命。人体里面，水占七成。不但血液是水，脑浆78%也都是水，骨里面也有水。人身所出的水也很多，口涎、便溺、汗、鼻涕、眼泪等都是。皮肤毛管，时时出气，气就是水。用脑的时候，脑气运动，也是出水。统计人身所出的水，每天75两。若不饮水，腹中的食物渣滓填积，多则成毒。如果能时时饮水，可以澄清肠脏腑的积污，可以调匀血液，使之流通畅达，一无疾病。"这一段话自然是根据生理学而谈的。由此可见，水的问题对于人身更密切了。

然而，一杯水可以活人，一杯水也可以杀人。水可以解毒，也可以致病。于是，水可以分为清水和浊水两种，清水固不易多得，浊水更不可不预防。

18世纪中期，英国化学家卡文迪许在试验氢与氧的合并时，得到了纯净的水。后来法国化学家拉瓦锡证实了这个试验，于是我们知道水是氢和氧的化合物。这种用化学法综合而成的水，当然是极纯净、极清洁的。然而这种水实在不可多得，只好用它做清水的标准罢了。

一切自然界的水，多少会含有一些外物。外物愈多则水愈浊，外物愈少则水愈清。这些外物里面，不但有矿物质，如普通的盐、镁、钙、铁等化合物，还有有机物。有机物里面，不但有腐烂的动植物，还有活的微生物。微生物里面，不但有普通的水族细菌，如光菌、色菌之类的，还有那些专门害人的病菌，如霍乱弧菌、伤寒杆菌、痢疾杆菌等。

自然界的水的来源，可分为地面和地心两种。地面的水有雨、雪、雹、冰、浅井、山泽、江河、湖沼、海洋等。地心的水就是泉水。

雨水应当是很干净的了。然而当雨水下降的时候，空气中的灰尘愈多，所带下来的细菌也愈多。据巴黎蒙特苏里气象台的报告，巴黎市中的空气，每立方米含有6 040个细菌，巴黎市中的雨水，每升含有19 000个细菌。在野外空旷之地，每升的雨水，有10～20个细菌。

雪水比雨水浊，这大概是因为雪块比雨点大，所冲下的灰尘和细菌也较多吧。然而，巴斯德曾爬上阿尔卑斯山的最高峰去寻找细菌，那儿的空气极干净，终年积雪，雪里面几乎完全无菌。

雹比雨更浊。1901年7月，意大利巴杜亚地方下了一阵冰雹，据白里氏检查结果显示，每升雹水至少有140 000个细菌。这或是因为那时空气动荡得很厉害，地上的灰尘吹到云霄里去了，雹是在那里结成的，所以又把灰尘包在一起，带回地面了。

冰的清浊，要看是哪一种水结成的。除了冰山、冰河以外，冰都是不大干净的，因为冰点的低温度能让大多数的细菌保持它们的生命。

浅井的水，假如保护得法，或上设抽水机，细菌还不至于太多。若井口没有盖，任灰尘飞入，那就很污浊了。

山涧的水，不使粪污流入，较为清净，所含的微生物，多是土壤细菌，于人无害，但一阵大雨之后，细菌的数目会立刻增加好几倍。

江河的水最是污浊，那里面不但有很多水族细菌和土壤细菌，而且还有很多的粪污细菌，这些粪污细菌都有传染疾病的危险。粪污何以流

入江河里面呢？这都是因为无卫生管理、无卫生教育，所以一般民众都认为江河是公开的垃圾桶。在这一个大错之下，不知枉送了多少条性命。

湖沼的水比江河的水干净。水一到湖里就不流了，因为不流，那儿无数的细菌都自生自灭，所以我们说湖水有自动净化的能力，而湖心的水比傍岸的水尤为清净少菌。

海水比淡水干净。离陆地愈远愈净。1892年，英国细菌学家罗素在那不勒斯海湾测验的结果显示，在近岸的海水中，每立方厘米有7万个细菌，离岸4 000米以外，每立方厘米的海水中，只有57个细菌。在大海之中，细菌的分布很平均，海底和海面的细菌数量几乎一样。

由地心涌出的泉水和人工开掘的深井的水是自然界最清净的水。据文斯洛的报告显示，波士顿的15个自流井，平均每立方厘米只有18个细菌。水清则轻，水浊则重。清高宗曾品过通国之水，以质之轻重，分水之上下，乃定北平海淀镇西之玉泉为第一。玉泉的水有没有细菌，我们没有测验过，就算有，一定也是很少很少的了。

水的清浊有点像人，纯洁的水是化学的理想，纯洁的人是伦理学的理想，不见世面，其心犹清，一旦为社会灰尘所熏染，则难免污浊了。

清水固然可爱，然而偶尔含有病菌，外面看上去清澈无比，里面却包藏祸心，这样的水是假清水，这样的人是假君子，其害人而人不知，反不如真浊水真小人之易显而人知预防。而且浊水，去其细菌，留其矿质，即所谓硬性的水，饮了，反有补于人身哩。

在化学工作上，常常需要没有外物的清水。于是就有蒸馏水的发明，一方将浊水煮开，任其蒸发，一方复将蒸汽收留而凝结成清水。这种改造的水是清净无外物的。

医学上用水，不许有一粒细菌芽孢的存在。于是就有无菌水的发明。这无菌水就是将蒸馏水放在杀菌器里灭菌，将水内的细菌一概杀灭。这种经过人工双重改造过的水,就是我们今日最纯净的清水了。

浊水还可以改造为清水,人呢?

知识链接

水,氢和氧的最普通的化合物。无色、无味。在自然界中以固态(冰)、液态(水)和气态(水蒸气)三种聚集状态存在。空气中含有水蒸气,土壤和岩石层中有时也积存着大量的水。水结冰时,其密度减小,体积增大,所以冰总是浮于水面。在一切固态和液态物质中,水的热容量最大,这一特性对于调节气候具有重大意义。水能溶解许多物质,是最重要的溶剂,也是动植物生命、生存,人类生产、生活、科学实验等方面必不可少的物质。

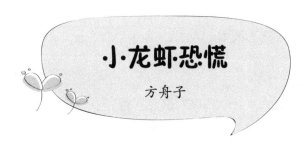

小龙虾恐慌

方舟子

近年来,"麻辣小龙虾"成了风靡全国的一道名菜,有的城市甚至还出现了小龙虾一条街。坐在沿街一字摆开的大排档,边喝着啤酒边吃着麻辣小龙虾,是炎热夏天的一种享受。伴随着小龙虾的风靡,也出现了一些关于它的谣言。其他名菜都没有享受过这种待遇,不知是不是小龙虾奇特的外形引起的联想。

一种在网上流传甚广的说法(据称来自日军解密档案),说的是中国过去并不出产小龙虾,"二战"时期侵华日军生化部队因为要处理大量的尸体,才从日本引进小龙虾,让其担任起水体清洁的工作,这种说法听上去令人恶心、愤慨。

小龙虾,中文学名叫"克氏原螯虾"。它是一种淡水螯虾,中国不是其原产地。它产自北美洲,1918年作为牛蛙的饵料从美国引进日本,1929年又从日本引进中国南京地区。此时日本还未发动侵华战争,引进小龙虾当然不是用来处理尸体,而是作为食物和鱼饵。

小龙虾的生命力非常顽强,靠水中腐败的植物和小动物为食,食性广,在多种水生环境中都能生存,甚至在比较肮脏、受到污染的环境中也能存活下来。于是,网上有传言称,环境越脏、污染越严重,小龙虾活得越好,因此,小龙虾体内富集了农药、重金属等各种环境污染物,国外很少有人吃小龙虾,而是用小龙虾来处理城市污水,只有中国人才会把它当作餐桌上的美食来享用。

小龙虾的确对环境污染的耐受能力比较强,但是不能因此就认为它喜欢污染物、善于富集环境毒素。很可能正是因为它不容易富集环境毒素,有一套"排毒"机制,才能在受污染的环境中生存呢?国内研究人员检测发现,小龙虾肉体内虽然含有多种重金属,但是含量都低于国家标准,而且大部分重金属集中在小龙虾的外壳、鳃和内脏部分,肉中的重金属含量很低。如果只吃小龙虾的肉,避免吃其内脏(包括虾黄),就可以大大减少重金属的摄入量。

其实并不是只有中国人才吃小龙虾,非洲、欧洲、大洋洲、美洲的很多国家也都吃小龙虾,其中美国的路易斯安那州是世界上最主要的小龙虾产地和消费地。1987年的统计称世界上90%的小龙虾产自路易斯安那州,其中70%在本地消费。当时中国还没开始流行吃小龙虾,近年来小龙虾的世界格局不知是否发生了重大变化。不过,中国产的小龙虾相当一部分也是出口的,出口量大到要被美国课以反倾销关税。

这些网络传言不管出于什么用意,似乎对小龙虾的风靡并没有产生什么影响。直到2010年7月,从南京传出有些人在吃了小龙虾后产生肌肉溶解(医学上称"横纹肌溶解症"),才让许多人吓得不敢再吃小龙虾了。最初的报道怀疑是商贩用"洗虾粉"清洗小龙虾,而"洗虾粉"含有有毒成分。有报道称"洗虾粉"的主要成分是草酸,草酸是一种强酸,酸性是醋酸的1万倍,摄入体内能严重影响身体健康等。草酸并不稳定,在189.5℃时就会发生分解,耐不了麻辣小龙虾爆炒的高温。不少食物中都含有少量的草酸,少量的草酸进入体内并不会对身体产生明显的危害。如果小龙虾外壳还残留着高含量草酸的话,小龙虾"手""嘴"的皮肤、黏膜会被腐蚀,将难以入口。

如果不是"洗虾粉"在作祟，而是小龙虾本身问题的话，那么你可能会想到在其他大量消费小龙虾的国家和地区，特别是路易斯安那州，有没有出现过类似的情况呢？有的，2001年4月，路易斯安那州有9人在同一个地方吃了小龙虾后，不久就患了横纹肌溶解症。其实，有很多因素可以引起横纹肌溶解症，例如激烈运动、酗酒、吸毒、服用某些药物、蜂蜇蛇咬、患某些传染病等，但这些因素都被排除了。重金属、农药等可能因素也被排除了。

最终，这9人被诊断患了一种罕见的疾病——哈夫病。

哈夫病的特征是患者在吃了煮熟的水产品（鱼类、甲壳类等）后24小时内出现横纹肌溶解症。究竟是什么毒素引起的，这种毒素是生物体自己合成的还是从环境中摄入的，现在都还不清楚。有人猜测，可能是一种类似水螅毒素的毒素，但是水螅毒素只有海洋生物中才有，淡水生物中没有，而哈夫病患者多数是吃了淡水水产品后发病的。

因为哈夫病的毒素没有鉴定出来，所以也就无法对食物进行检测，没法知道哪些食物可能引发疾病，哪些食物是安全的。如果南京的小龙虾事件也是由哈夫病引起的话（从症状和发病规律看，很可能是），它的不确定性也许会引起人们的恐慌。但是哈夫病毕竟是一种很偶然的、极为罕见的疾病，而且往往是一次性的。路易斯安那州那么多人吃了那么长时间的小龙虾，也只爆发过一次，这些人后来都康复了，在当地并没有引起恐慌，我们现在也大可不必恐慌。其实不只是小龙虾，其他水产品也可能导致哈夫病，难道什么水产品都不吃了吗？

知识链接

龙虾,甲壳纲,龙虾科。体粗壮,色鲜艳,常有美丽斑纹。头胸甲坚硬多棘。两对触角都很发达,尤其是第二对;基部数节粗而有棘,但无鳞片。步足5对,无钳,都呈爪状。腹部较短,游泳肢不发达。尾节方形,尾扇发达。中国东海南部和南海所产锦绣龙虾,体长30厘米以上,重达数千克。锦绣龙虾肉味鲜美,是名贵的经济虾类。

反复烧开的水究竟能不能喝

方舟子

水被称为生命之源,它对健康的影响引起了人们的特别关注。一方面,虽然卫生部规定水产品不得宣传有保健作用,但市场上仍然有各种各样的保健水在销售,而且销路不错;另一方面,又有各种关于饮水不当有害健康的传闻。其中流传最广的一个是已经烧开过的水要是喝不完,就要倒掉,不能再烧开了喝;要是反复烧开水,喝了会致癌,甚至会致死。就连中学化学教材都告诉学生不要喝反复烧开的水,这几乎成了生活常识。

为什么反复烧开的水不能喝呢?理由众说纷纭,归纳起来,大概有三种。

第一种是说水多次烧开后,水中溶解的氧气都跑光了,喝缺氧的水对健康不利。人类不是鱼,无须从水中吸收氧气,而是通过呼吸吸收氧气。一个成年人在平静状态下每分钟呼吸16~20次,吸入氧气量大约是250毫升,等于360毫克氧。常温常压下1升水的溶氧量是6~10毫克,也就是说,你呼吸一次,吸入的氧气量已经超过了1升水的氧气量了,水中那点氧气对人体来说是微不足道的。

第二种是说因煮沸过久,水垢会溶解到水中,水中钙、镁等重金属成分浓度会增加,水会变硬,对健康不利。硬水中浓度较高的钙、镁离子,煮沸以后,生成碳酸钙、碳酸镁、氢氧化镁等不溶性物质沉淀下来,形成水垢。因此,反复烧开水的结果,不仅不会溶解水垢,反而会增加水垢；不仅不会让水变得更硬，反而会让水变得软。而且，钙、镁并不属于对人体健康有害的重金属，实际上它们是人体必需的矿物质，如果能从水中吸收钙、镁，反而对人体有益。

如果喝的是纯净水、蒸馏水、去离子水，基本上不含杂质，再怎么烧，水还是水，不会变成别的物质。但是饮用水中可能含有微量的有害物质。这些有害物质有的具有挥发性，反复地烧开反而有助于把它们去除掉。但是有的有害物质不会挥发，例如重金属、硝酸盐。

第三种是说水反复烧开后，水蒸发掉了，不挥发的有害物质留了下来，这样有害物质的浓度增加了，对人体就有害了。但是我们烧水时一般是盖着盖子的，另外烧开了就会熄火，因此蒸发掉的水很少，有害物质浓度并不会增加多少。如果你把烧过的水全都喝下去的话，那么不管水烧了多少次、有害物质浓度如何，喝下去的有害物质的总量都是一样的。

高中化学教材认为反复烧开的水不能喝的理由是，煮沸多次后水中原有的硝酸盐会分解成亚硝酸盐。亚硝酸盐的毒性比硝酸盐大，过多地摄入亚硝酸盐，会破坏血红蛋白的携氧能力，导致体内缺氧。另外，亚硝酸盐是一种致癌物质，长期摄入有可能致癌。

理论上，硝酸盐受热能分解成亚硝酸盐和氧气，但是有的硝酸盐很稳定，不容易发生分解，有的则较不稳定。因此，硝酸盐能不能分解成亚硝酸盐，与硝酸盐的种类及反应条件都有关系。那么，水中的硝酸盐经过多次沸腾后能不能生成亚硝酸盐呢？这必须用实验来证明。有人把水煮沸了10次，发现硝酸盐的含量不变，也没有检测到亚硝酸盐，因此认为硝酸盐在这样的条件下不会分解成亚硝酸盐。也有人用饮水机反复加热桶装水，发现水中亚硝酸盐的含量会逐渐增加，加热到181次后，水中亚硝酸盐离子的含量约是一开始时的5倍。

在日常生活中，不太可能把水煮沸这么多次，只在一种情况下有可

能发生：饮水机的加热开关键一直开着，每隔20分钟左右自动加热一次。不过，饮水机用的桶装水是经过纯化的，多次加热后产生的亚硝酸盐的量很有限。上述实验表示桶装水加热181次后，水中亚硝酸盐的含量增加到3.53微克/升，超过了我国桶装水的卫生标准（亚硝酸盐含量不得超过2微克/升），但也超得不多，很难引起中毒。按亚硝酸钠计算，人要吃下大约0.2克才会出现中毒症状，这相当于喝下了几万升这种水。实际上，在日常饮食中经常会遇到亚硝酸盐。亚硝酸钠作为合法防腐剂和着色剂，被合法地应用于肉制品中。即使是没有超标的肉制品，其中亚硝酸钠含量也能达到每千克0.03克，远高于水中的亚硝酸盐含量。如果亚硝酸盐真的那么可怕的话，那么长期摄入微量的亚硝酸盐会不会致癌呢？其实亚硝酸盐不是致癌物，它跟氨基酸反应生成的亚硝酸胺才是致癌物，微量的亚硝酸盐对人体是无害的。

即使是言之凿凿的生活常识我们也不应该轻信。把水多煮沸几次不会对身体产生什么危害。如果担心饮水机里的水经过几十次、上百次反复加热会产生过量的亚硝酸盐的话，那么也有简单的方法可以避免：不要让饮水机的加热开关键一直开着，只在需要饮用时打开，或者直接饮用凉水（桶装水本来就可直接饮用），这样还能节省能源，更环保。

知识链接

亚硝酸盐，亚硝酸的盐类。其为晶体物质。有毒，易致癌。易氧化成硝酸盐。易溶于水（除银盐外），水溶液用强酸酸化则分解放出一氧化氮和二氧化氮。亚硝酸钾及亚硝酸钠用于生产各种染料。

第二辑
动物世界

动物是我们的朋友,但在漫长的时间里,甚至到今天,我们对动物的了解依然不够。

动物有婚丧嫁娶吗?动物有喜怒哀乐吗?动物有社会行为吗?动物有聪明才智吗?现在,就让我们用科学的眼光,去审视这一切吧!

动物界的第一次大发展

李四光

地球发展到寒武纪时期（距今5亿～6亿年），就出现了大量的、门类众多的和较高级的动物。寒武纪以前的生命星火，到这时已成燎原之势。这是地球上动物界的第一次大发展，具有划时代的意义。

从化石来看，在寒武纪初期出现的动物，除脊椎动物外，几乎所有的主要门类都有了。其中最多的是节肢动物中的三叶虫，约占化石保存总数的60%，其次为腕足动物，约占30%，其他节肢动物、软体动物、蠕虫及古杯海绵等约占10%。

腕足动物是具有一对外壳的海生动物。软体动物中有头足类及腹足类。古杯海绵是固着在海底的一种古老生物，具有多孔内壁及外壁等较为复杂的结构。蠕虫化石由于不易保存，比较少见。节肢动物除三叶虫外，比较常见的则为甲壳类的古介形虫。

寒武纪动物群中最为常见的是三叶虫，它的化石在世界各地很常见。我国有许多三叶虫化石，从东北到西南，自寒武纪到二叠纪的地层，都有三叶虫的化石。目前已正式鉴定和描述过的计376个属，1 233个种，其中以寒武纪时期为最多。

三叶虫的种类繁多，形体大小不一，最大的可达70厘米，最小的不足1厘米。绝大部分三叶虫的生活情况是游移于海底，以原生动物、海绵动物、腔肠动物或这些动物的尸体以及海水中的细小植物为食料。三叶虫是比较高级的节肢动物，如在我国寒武纪初期的页岩中经常可以找到的"莱得利基虫",其躯体各部分结构已经分化得很好,有头部、胸部及尾部。头部结构复杂,有一对眼睛;胸部有十几个胸节;尾部由若干体节互相融合而成。头、胸、尾部都生有多节的附肢。其他如寒武纪中期的"德氏虫"及晚期的"蝙蝠虫"等,结构也都比较复杂。由于演化迅速,在不同的时期出现不同的种,因此三叶虫成为对下部古生代地层,特别是对寒武纪各期地层进行划分与对比的标准化石。

寒武纪早期的软舌螺化石,产于我国西南各省寒武系底部的磷矿层中,故这种化石可作为在西南各省寻找磷矿的标志。

因为是动物界的第一次大发展,所以寒武纪的动物群一方面含有大量的、较高级的动物三叶虫,另一方面某些动物还保留着一定的原始性。例如,这个时代的腕足类动物以比较原始的具有几丁质外壳的无铰纲为主;软体动物也是细小的、比较原始的类型,如上述的软舌螺及似海螺等。这说明同一时期不同门类的生物发展的速度不等,也显示了发展的不平衡性。

生物演化的历程包括许多次飞跃,而每次飞跃都有更高级的生物出现,并形成一次大发展,给当时整个的生物群带来崭新的、繁荣的面貌。寒武纪的大发展不过是"春雷第一声",在寒武纪以后,动物界还经历了多次大发展。例如,在奥陶纪突然繁殖的笔石群及大型的头足类直角石和珠角石等,在志留纪大量繁殖的珊瑚及腕足类,泥盆纪大量繁殖的水生脊椎动物鱼类,古生代繁盛的、具有纺锤形复杂外壳的原生动物类,中生代的恐龙之类的大型爬行动物,以及新生代的哺乳动物,如此等等。所有这些盛极一时的动物,都是经过质变的飞跃而产生并大量繁殖的。它们的出现使不同时代的动物群具有不同的时代特征。

知识链接

本文为《天文·地质·古生物资料摘要（初稿）》一书中的第四部分，作者为我国著名的地质学家李四光。作者从地质学的角度介绍了动物演化发展的过程，以及动物界的第一次大发展的重大意义。

马

刘后一

马　颂

人们常常用"一马当先"来赞美先进工作者,而将全国人民的跃进叫作"万马奔腾"。的确,除了马以外,我们很难找到其他更合适的动物,来象征我们向社会主义建设进军的宏伟气魄了。

马的整个身体构造完全适宜于"所向无空阔"的奔腾活动。它的身材高大,身体结实而丰满,蕴蓄着充沛的精力。身躯挺直,腰围椭圆,就像一颗流线型的炮弹。四条腿轻捷而又细长,飞驰起来,就像箭脱了弦似的。再配上细而尖的耳朵、大又亮的眼睛、柔嫩的鬃毛和丝丝飘拂的马尾,它便成了美与力的化身。

马不仅形象优美,而且具有无所畏惧、一往直前的精神。它是那么善良,从不欺侮弱小的动物;它是那么合群,热爱集体的生活;它是那么驯顺,接受人类对它的驾驭。

马一直是人类亲密而又忠实的朋友。从遥远的古代、还没有文字记载的时候起,它就开始跟随着人类一起去劳动和战斗。它对人类社会的发展立下了"汗马功劳"。

今天,人类社会已经进入了人造卫星时代,然而我们仍然需要马为我们服务。马仍然是我们的重要运输工具。在有的国家,经过良种繁育和训练出来的马,有的一次能够拉10多吨重的东西,有的一分钟可以跑

1 000多米。马与机械动力相比,虽然相差很多,但是仍然为我们建设社会主义贡献了一份力量。

马 马 虎 虎

为什么粗心大意要用"马马虎虎"这个形容词,现在恐怕无从考证。可能是比方小孩画马,由于粗心或者技术不纯熟,画出来的又像马又像老虎,因此就叫"马马虎虎"了。

至于认识上,即使是小孩,也不会"指虎为马"的。从生物学的观点来看,两者在演化的道路上,更是走上了两个相反的极端。

马是吃草的,老虎是吃肉的,它们的身体构造和生活习性是完全不同的。

由于在辽阔无际的草原上要奔跑觅食以及逃避猛兽侵害,因此马的身体很高大,腰围椭圆,腿细长有力,具有单趾的蹄。而老虎则是以扑杀别的动物为生,因此总是隐蔽在山林或密草丛中,身体矮壮,腰围浑圆,具有锋利的爪子。

马的腿长了,颈也不能不长,不然它就很难吃到地面上的草。同时,颈长了,抬起头来,可以看得更远。加上它的眼睛生在脸的两边,眼睛光轴间的角有100多度,可以看得广而远。而老虎却相反,颈很短,这对它扑食别的动物更方便些。老虎的眼睛生在脸的正前方,眼睛光轴间的角只有十几度,所以看东西看得很准。

马的门齿会切草,犬齿没有(雌)或者很小(雄);而老虎的门齿不太发达,但犬齿锋利得像一把刀。马的颊齿齿冠很高,齿面有弯弯曲曲的沟槽,经久耐磨。老虎的颊齿则很尖利,好像三尖的小凿刀,有利于食肉。

植物消化起来是比较困难的,所以马的肠子弯且长;肉类消化起来是比较容易的，所以老虎的肠子就比较短。

它们不仅身体构造不同，而且生活习性也是各异的。马是爱好和平、喜欢群居的；老虎则是侵略成性、很孤立的。

从森林到草原

现代的马形体优美，奔驰起来潇洒、飘逸，然而这种情况并不是"自古如斯"的。

感谢古生物学家们几百年来的努力，特别是俄国古生物学家A. O. 科瓦列夫斯基对马的研究。除了大象，马的演化史是被研究得最详尽、最彻底、最系统的。

早在5 000万年以前，在原始灌木林中，生活着一种"始马"。它们只有小猎狗那么大，身体弯曲，前肢四趾，后肢三趾；它们的臼齿又低又小，上面的褶皱也很简单。这一切有利于它们适应当时的生活环境。它们可以在灌木林中潮湿而柔软的泥土上跳跃自如，吃着灌木柔嫩多汁的树叶，而无须过多地咀嚼。

这样经过了三四千万年，森林地带逐渐消失，地球上开始形成了辽阔无际的草原地带，而与此相适应的是三趾马的出现。

三趾马在这里是一个广义的名词，它代表着从始马到现代马的过渡类型。它的大小相当于一头小毛驴。它的每只脚都有三个趾头。当它在坚硬的草原上奔驰的时候，它的体重主要落在中趾上，而当它在湖沼地带散步的时候，它的两个侧趾又可以张开，构成宽大的脚掌，使它不滑倒，或者陷身泥淖。当它开始吃干草和坚韧的禾本科植物时，牙齿也就逐渐结实，同时齿冠增高，齿面也有了褶皱。

现代马的出现，还不过100万年。它们已经完全是一种草原性动物。它们的身体更加高大，腿变得更细长，脚上只剩下一个中趾，它们可以

在辽阔的草原上驰骋了。它们吃草原上带沙土的草类,牙齿变得更加结实,齿冠更高,齿面的褶皱更加明显。

马的演化过程也就是从森林到草原的演化过程,其身体由小到大、腿由短到长、脚趾由一般到特殊、牙齿由低级到高级变化着。

知识链接

马是草食性动物,马在古代曾对农业生产、交通运输和军事等活动起着重要的作用。全世界的马有200多个品种。随着生产力的发展、科技水平的提高以及动力机械的发明和广泛应用,马在现实生活中所起的作用越来越小。当前,发达国家的马主要用于马术运动和生产乳肉。但在有的发展中国家,马仍以役用为主,并是役力的重要来源。

生命轮回的绝唱

王兆贵

蝉这小家伙,我们通常把它叫作"知了"。夏天来临时,但凡有树木的地方,都能听到它们欢快的长鸣。天气越是炎热,蝉鸣之声就越激烈。它们生来就是大嗓门,还特别喜欢合唱。只要有一只挑头开腔,就会引来群蝉共鸣,此起彼伏,高亢嘹亮,那气势不亚于一个大型合唱团。

每年夏至,当土壤的温度和湿度适宜时,还是"蝉蛹"的知了就会从泥洞中钻出来,慢慢地爬上距离最近的直立物体,然后脱去身上的"外套"。个把小时后,它们的躯体和翅膀就会变硬,并能自由地从低处爬向高处,从树干移到树梢,从这棵树飞到那棵树。蝉的背部像盔甲,漆黑锃亮;羽翅像战袍,纹理清晰;眼睛像探头,闪闪地发出暗红色的光。它们总是有规律地发声,受到惊动后就会戛然而止,然后迅速飞向他处。小时候,我曾见过一群飞蝉掠过低空,黑压压的一片,那阵势就像一支规模庞大的昆虫军团。

一场雨水过后,农村的孩童便会带上铁锹,来到树木的周围,找到有新鲜泥土的洞口,将蛰伏在里面的知了掏出来。不贪睡的孩子,一大早起来,连工具都不要带,就可以把夜间爬上树干还未来得及蜕皮飞走的知了活活逮住。即使已经攀上高枝的知了,孩子们也有法子将它们收入囊中。用麦麸做成黏胶,或者用纱布做成捕具,都是有效的猎取方法。最好玩的是夜间在大树下点上一蓬篝火,然后再制造一点动静,满树的知了都会向有火光的地方扑下来,乖乖地受擒。

事实上，蝉的历史比人类还要悠久，早在人类出现之前，蝉就开始在大地上飞歌了。蝉也有族类之分，以那种个头较大的、躯体壮实的红眼蝉最为常见。除了靠羽翼摩擦发声外，雄蝉腹部还有明镜似的鼓膜，如同响板一样能奏出高分贝的音量。为了吸引异性，它们必须像男高音歌唱家一样拼命歌唱来求婚。雌蝉在"音乐之声"的诱惑下，慢慢地向雄蝉靠拢，交配过后会把卵产在树枝上，幼虫孵出便落到地上，钻进土里。北美有一种周期蝉，发育过程非常缓慢。幼虫潜伏于地下深处，并攀附在树根上吮吸营养，蛰伏十几年后才钻出地面。得见天日后，大约只能存活一个月时间。在这短暂的时光里，它们要补充营养，增强体能，还要高度警觉摆脱来自天敌和人类的捕杀，尤其是要抓紧时间完婚和产子。完成传宗接代的使命之后，周期蝉便会悄然告别生命之旅。

周期蝉为什么每十几年一个轮回，这引起了很多生物学家的浓厚兴趣，至今还没有被一致认可的答案。但它们那种周而复始、繁衍生息的顽强精神，给人们留下了深刻的印象。1970年夏天，美国著名摇滚歌星鲍勃·迪伦为周期蝉的阵势所感染，专门写了一首名为《蝉之日》的歌曲，来颂扬这些富有传奇色彩的蝉们。在周期蝉的一生中，十几年的漫长等待与一个月的生命绝唱，让我们真正感悟到，什么叫甘于埋没，怎样才算耐得住寂寞，以及如何在有限的光阴里唱响生命之歌。

知识链接

周期蝉的生命周期为13年或17年，也被称为"13年蝉"或"17年蝉"。幼虫孵化后即钻入地下，一生绝大多数时间在地下度过，靠吸食树根的汁液生存。到了孵化后的第13年或17年，同种蝉的幼虫会同时破土而出，在4~6周内羽化、交配、产卵、死亡。卵孵化后进入下一个生命周期。

飞过侏罗纪的蜻蜓

王兆贵

打小就喜欢蜻蜓,喜欢它轻盈而又灵巧的身影,纯朴而又典雅的色彩,更喜欢它自由自在的神态。每当夏日来临,这个无拘无束的小精灵,或遨游于高空,或穿梭于低空,或点击于水面,或静立于梢头,都令我好奇、遐想,以至于心神恍惚地为它着迷。童年时代,我们虽然知道蜻蜓是益虫,但仍然把捕捉蜻蜓当作一件非常好玩的事。用扫帚扑,用纱袋网,若是看到蜻蜓落到树梢上,也会蹑手蹑脚地走向前,将它轻轻地捏在手中,收获紧张之后的喜悦。

晴朗的天空下,青青的草地上,看着这个与人类和谐相处的小精灵,一忽儿穿梭翻飞,一忽儿静止不动,很容易让人产生诗情画意的憧憬。"穿花蛱蝶深深见,点水蜻蜓款款飞。"杜甫的诗句,笔触婉约,浅近通俗,富有动态韵律之美。在宜人的田园风光中,有了蜻蜓和蝴蝶的身影,就会增添灵动的意趣,让人感到赏心悦目。最为人称道的是南宋杨万里在《小池》一诗中所描绘的蜻蜓:"泉眼无声惜细流,树阴照水爱晴柔。小荷才露尖尖角,早有蜻蜓立上头。"如果说杨万里眼中的蜻蜓是近景,那么在同时代诗人范成大眼中的蜻蜓则是远景,他在《四时田园杂兴·其二》中写道:"梅子金黄杏子肥,麦花雪白菜花稀。日长篱落无人过,惟有蜻蜓蛱蝶飞。"

蜻蜓脑袋不大,却长着水晶球似的眼睛,煞是惹人喜爱。蜻蜓不仅有3只单眼,而且是昆虫中复眼最多的一个,多达20 000只,整个头

部差不多都让眼睛给占满了,细看起来还真有点儿像科幻小说中的外星人。所以,蜻蜓的视力很好,捕获起猎物来特别敏捷,毫不费力。暴风雨来临之前,气压偏低,因为这时是捕捉小飞虫的最佳时机,所以它们会成群结队地低空飞舞。蜻蜓的身子骨并不硬朗,看起来还有些瘦削,却发育得非常匀称,其体型就像一个"干"字,飞行起来真是"干练",活脱脱一架小型直升机。蜻蜓的羽翅质薄而轻,两相对称。蜻蜓在飞行过程中,由于其羽翅振幅小、频率高,因此人们几乎看不到它在扇动。但蜻蜓的飞行速度十分惊人,短距离冲刺的速度远超世界短跑冠军。

小时候,我们曾经玩过一种T字形的玩具叫"竹蜻蜓"。取一片不足半尺长的平直薄竹片,将其两端按相反方向削成对称的斜面,然后在竹片中间钻一小孔,再把圆滑的细竹棍插入其中,双掌快速搓动细竹棍并猛然松手,竹蜻蜓就会在空中盘旋。后来得知,这一简易玩具有着悠久的历史,早在公元前500年我们的祖先就发明了。这种简单而又神奇的玩具,曾令西方传教士惊叹不已,将其称为"中国螺旋"。20世纪30年代,德国人根据竹蜻蜓的形状和原理发明了螺旋桨。因此航空界一致公认,直升机的最初模型诞生于中国。

早在侏罗纪,也就是恐龙称霸的中生代,蜻蜓就开始在天地之间飞行了,说它是自然界的活化石,一点也不为过。可是,体形庞大的恐龙在6 000多万年前就已灭绝了,而蜻蜓至今仍在逍遥,可见它的适应能力有多么强。尽管它避免不了天敌的吞食和人类的伤害,但是蜻蜓这个小精灵的生命力是非凡的,它能"穿越"2亿多年时空而存续至今,也一定会生生不息地伴随着人类,直到永远。

知识链接

蜻蜓身体细长,翅长而窄,膜质,网状翅脉极为清晰。其视觉极为灵敏,可在空中飞行时捕捉害虫。其幼虫在水中生活,以捕食蚊子的幼虫孑孓或其他小型动物为食。成虫一般在池塘或河边飞行捕食飞虫。能大量捕食蚊、蝇等对人有害的昆虫。蜻蜓的已知种类超过5 000种。

萤 火 虫

贾祖璋

　　满天的繁星在闪耀。黑暗中，四周都是黑魆魆的树影。只有东面的一池水，在微风中化作一缕缕的银波，映出一些光辉来。池边的几丛芦苇和一片稻田，也是黑魆魆的，但芦苇在风中摇曳的姿态，却隐约可以辨认。芦苇底下和田边的草丛是萤火虫常待的地方。它们一个个从草丛中飞起来，忽明忽暗的，好似天上的繁星。最有趣的是，这些光虽然乱窜，但形迹可寻：有时一个飞在前面，亮了起来，另一个就会向它赶去。但前面一个忽然隐没了，或者飞到水面上，与水中的"星光"融为一起了，或者飞入芦苇丛中或稻田里，给那枝叶遮住了。于是，追逐者失去了目标，就迟疑地转换飞行方向。有时反成别的萤火虫所追逐的目标了。这样的追逐往往不止一对，因此水面上、稻田上，一明一暗、一上一下的闪闪的光与天上的星光同样繁多，尤其是在水面的，映着皱起的银波，那情景别有番情趣。

　　这是幼年时暑假期间在乡间纳凉时所见的情景。当时与弟妹一边听着邻舍们的谈笑，一边向萤火虫唱着质朴的儿歌：

　　　　萤火虫，

　　　　夜夜红，

　　　　飞到天上捉蚜虫，

　　　　飞到地上捉绿葱。

在纳凉时,偶然有几只飞到身边,我们赶忙用芭蕉扇去拍,有时竟会把它们拍在地上,有时它们会突然一暗,飞到扇子无法拍到的地方去了,这时就是追上去,往往也是不能再拍着了。被拍在地上的萤火虫,把光隐了,也着实难以寻觅,随后又悄悄地飞起,往往也逃走了。被捉住的萤火虫最初是用来赌胜负的,也就是我们把萤火虫放在地上,用脚一拖,在地上画起一条发光的线,然后比较哪个人画得长,就胜利。不消说,这是一种残酷的行为,真所谓"以生命为儿戏"的了。有的幸运的个体不会牺牲,它们会被放入日间预备好的鸭蛋壳里,让它们一闪一闪,作为小灯笼。就睡时携到枕边,颇有爱玩不忍释手的样子。但大人们认为萤火虫假如有机会钻入人的耳内,就会进去吃脑子,因此又往往被禁止携入房间里。

萤火虫是怎样产生的,乡间没有谈起,但古书上说它是由腐草化成的。有一年中国的一家杂志,发表了罗广庭博士的生物化生说,所以腐草化萤,大概是可靠的。但罗博士因为广东几位大学教授要求实验以后,至今未有下文,所以至少那家杂志没有再发表过他的实验情况,大抵罗博士已被他们戳穿"西洋镜"了,那么腐草化萤的说法也就有待进一步核实了。

原来萤有许多种类,全世界所产的能够发光的萤有2 000种,形态相像而不能发光的也有2 000种。我们这里常见的一种是身体黄色、翅膀的尖端有些黑色的萤火虫。它们也有雌雄,结婚以后,雄的以为责任已尽,随即死去;雌的在水边的杂草根上产下微细的球形黄白色卵三四百粒后,也随即死去。这卵也能发一些微光,二十七八天后,就孵化为幼虫。幼虫的身体有13个小节,呈长纺锤形,略扁平;头和尾是黑色的;尾端有一个能够吸附他物的附属器,可代足用;尾端稍前方的身体两侧有特殊的发光器官,能发青色的光。白天隐伏于泥土下,夜间出来觅食。它能

吃一种做人类肺蛭中间宿主的螺类。到下一年的春天，幼虫长大成熟，在地下掘一个小洞，脱了皮化蛹。蛹淡黄色，夜间也能发光。到夏天就化作能够飞行的成虫。看了这一个简单的生长史，腐草化萤的传说，可以不攻自破了。

那么荧光是从哪里来的呢？以前有人以为是某种发光性细菌与萤火虫共栖的缘故，但近来研究发现没有细菌的形迹。萤火虫的发光器构造，随种类和发育程度的不同而不同。幼虫和蛹大抵相似。成虫的发光器位于尾端的腹面，表面是一层淡黄色透明质硬的薄膜，下面排列着整齐的细胞，细胞里有黄色细粒，叫作"荧光体"——遇到氧气就发生化学反应，从而发光。这些细胞的周围又满布毛细管，毛细管连接气管能送入空气，可以使荧光体接触氧气。同时，毛细管周边又分布着许多神经，能自动调节空气的输送，所以现出忽明忽暗的样子。与发光细胞相对应的还有一层含有蚁酸盐或尿酸盐的小结晶的细胞，呈乳白色，好似一面镜子，能够把光反射到外面。

荧光不含红外线和紫外线，所以只有光而没有热，是一种理想的、用来照明的光。但人类目前还不能明白这些荧光体的成分，既不能直接利用它，也不能仿照它的化学成分来制造出一种人造的荧光。墨西哥有一种巨大的萤火虫，胸部有两个大发光器，发绿色的光；腹部下面也有一个发光器，发橙黄色的光。两色相映，极为美丽，妇人把它作为装饰品簪在发间。至于萤火虫的自身，既可以用荧光来引诱异性，又可以威吓敌害。

在电灯和霓虹灯交互辉煌的上海，是没有机会遇到萤火虫的。故乡的萤火虫更是1年、2年，几乎10年没有见过了。最近家中来信说：3个月没有雨，田里的稻都已枯死，很多桑树也枯萎了。那么往日的一池水，当然已经干涸；一片稻田看上去一定像一片焦土；那黑魆魆的树影，也必定很稀疏了。我那辛苦工作的邻舍们已经无工可做，他们可以做长期的休息了。但是在纳凉的时候，不知还能听到多少谈笑声。

因为萤火虫，所以我更加记挂遭遇旱灾的故乡了。祝福我辛苦的邻舍们，应该有一条活路可走。

知识链接

萤火虫是一种小型甲虫，因其尾部能发出荧光，故名为"萤火虫"。这种尾部能发光的昆虫，约有2 000种，我国较常见的种类有黑萤、姬红萤、窗胸萤等。萤火虫夜间活动，卵、幼虫和蛹能发光，成虫发光有引诱异性的作用。幼虫喜栖于潮湿温暖的、草木繁盛的地方。

凤蝶外传

董纯才

八月的一个晴朗炎热的午后，篱笆上出现了凤蝶妈妈。在它的背上，闪动着两对绣着黄色花纹的黑绒似的翅膀。

它一面翩翩飞舞，一面仔细打量着这儿的树木。在篱笆里边，是一排枸橘，抽出了许多绿色的嫩枝条，枝上长着长针似的刺，每根刺旁长着一个长叶柄，柄顶缀着三片绿色的卵形小叶。

凤蝶妈妈发现枸橘，非常高兴，这正是它现在所要找的树木。它停在一片新叶上面，把身体的尾部弯到叶子下面，并产下一颗卵，卵就粘在那儿了。

这卵还不及粟米大，跟蚕卵相似，不过是绿色的，跟枸橘差不多一色。这就是一条小生命——未来的凤蝶。

一天、两天、三天……七天过去了。卵在卵壳里由一个细胞分裂成两个、两个分裂成四个、四个分裂成八个……逐步分裂变化，发育成一个细胞团，最后变成一条小小的虫——幼虫，跟蚕一样，别号叫作"小乌蠋"。

既然孵化成了幼虫，谁还高兴被关在那囚牢似的卵壳里呢！小乌蠋开始设法打破这囚牢，寻找生路。

一、二、三！小乌蠋试着用小嘴咬起卵壳。一试居然成功了，卵壳给它咬破了一点。有一线光射进来了。

小乌蠋不断地咬，咬下来的东西，就往肚子里吞。"只要功夫深，铁杵磨成针。"一口又一口，小乌蠋终于把卵壳咬出了一个相当大的圆洞。它从洞里出来了。

它一出来，身体就长大了一些，可是也不过是一条不足一厘米长、身体黑褐、头尾黄白的小虫。

出卵不久，小乌蠋就想吃东西了。它爬到那片叶的边上，用小嘴啃啃那片绿叶。这枸橘叶子的滋味，真不错，正合它的胃口。谁说凤蝶妈妈不顾孩子后来的生活呢？它把孩子生在它爱吃的枸橘上，这就证明了凤蝶妈妈的安排并不是随便的。它好像是很有点"未雨绸缪"哩。

吃、吃、吃，一天吃到晚，一口都不肯放过。要是放弃了一口，好像对它就有莫大的损失似的。吃了一片又一片。吃完这枝的叶子，再吃那枝，小乌蠋什么工作也不做，只晓得吃，吃就是它这个时期的天职。

小乌蠋吃得多，长得快，几天工夫，身体就长得十分肥胖了。它觉得它的衣服——身体外面的皮——太狭小了，妨碍身体的发育。它得换一身衣服才是。于是，它绝食一天，全身心地处理这件事。

先是旧皮下面生出一层新皮。于是旧皮从头部开始裂开。幼虫的头从裂缝里钻出来，再用劲扭动全身，慢慢地把旧皮蜕下。

老硬、狭小的旧皮蜕下来了，换上的新皮很柔嫩，可以伸缩。小乌蠋就趁机让身体增长。

蜕皮是很耗体力的。小乌蠋休息了几个钟头，才恢复精力，然后再开口吃东西。这次比以前吃得更多了。

几天后，小乌蠋的身体又吃胖了些。这身衣服又阻碍身体发育了。于是它又停止吃食一天，进行第二次蜕皮。

吃胖了，就蜕皮，蜕了皮，又吃。这就是小乌蠋的生活。

蜕皮一次，小乌蠋就长大一些。一直要长到五厘米左右，它的身体才会不再长。

  起先小乌蠋的身体是黑褐色,头尾是黄白色,看起来有些像鸟粪。听说有一次一只喜欢吃虫的黄头鸟,在附近树枝上,明明看见了小乌蠋,却没有吃它,原来是把它错认为鸟粪了。于是有人说小乌蠋身体的颜色是保护色。也就是说,它靠着颜色的掩护,保障了生命的安全。

  当小乌蠋长到约两厘米长的时候,全身就变成绿色,其中分布一些黄赤条纹。它这身绿衣服,也是它的隐身衣。因为它的绿色跟枸橘的枝叶相似,所以那些不留心的眼睛很难看出它的行迹,小乌蠋也借此避免了敌人的伤害。

  这还不算稀奇,更奇怪的是,在小乌蠋那特别粗大的第三节两旁,有一对斑纹,像一对凶恶可怕的眼睛。

  有一天,一个小女孩在枸橘上看见小乌蠋那副凶相,就吓得叫起来:"啊唷,好可怕的虫呀!"

  女孩子的哥哥,听见妹妹的喊声,连忙跑去一看,一面说:"这有什么可怕的?"一面伸手去捉它。

  谁知小乌蠋这时候突然从头上伸出一对黄色叉形肉角,同时放出一股刺鼻的臭气。那男孩子忍受不了这臭气,连忙把手缩回。

  科学家说凤蝶幼虫会利用狰狞的面目,虚张声势,威吓敌人。这一招要是失败了,第二招就是一面用肉角示威,一面用臭气御敌,好像人们打仗时用毒气一样。

  一次又一次的蜕皮,小乌蠋最后长到了五厘米左右了。这时它已经吃得足够多了。于是它就停止吃食,爬到附近的树枝上,最后再蜕一次皮。

  这次蜕皮后,小乌蠋不再是原先的形状了,从头到尾完全变了样。身体不但没有加长,反而缩短了一些。它变成一个没眼、没嘴、没翅、没脚的东西,并用丝缚在树枝上。形状有点像枣核或橄榄。人们管它叫

"蛹"，又给它取了一个别号，叫"缢虫"。

缢虫不吃不动，简直像个死东西。实际上，它仍然是活的，不过是暂时静伏在蛹壳里，准备来一次惊人的彻头彻尾的大变化。

如果它早生一个月，那么它在蛹里只要待两个星期，就可以完成它的愿望。

可是如今是秋天了，太阳渐渐失去了夏天的威力。草已枯黄，树木开始落叶，蛙、蛇、龟这些动物，在寻找合适的地方，准备过冬。

一般弱不禁风的蝴蝶成虫，哪能跟这寒冷的天气对抗呢？可是它们的蛹，有硬壳保护着，倒能抵御风、霜、雨、雪的侵略。

缢虫知道秋深了，不是它进行大变化的时候。它就安心地在蛹壳里睡觉，停止变化，静候着暖和季节的到来。

严寒的冬季过去了，接着来的是暖和的阳春。缢虫总算平安地渡过了寒冬这一难关。可是它还在酣睡着。90天的春光，已经逝去了80天。那贪睡的蛹，似乎还没有醒来的迹象。

太阳一天热似一天。酣睡的缢虫被太阳的热力唤醒了。它醒来之后，仍然躲在壳里，秘密地进行着它早已决定的大变化。

至于它在蛹壳里究竟怎样变，因为它保守秘密，所以至今没有人知道。

奇迹出现了。一个阳光明媚的上午，蛹壳背部忽然裂开，钻出来一只美丽的凤蝶。它的形体和面貌跟凤蝶妈妈一模一样。头上竖着一对像丝一样的触角，两旁是一对大眼睛；下面卷着一张像钟表弹簧样的吸管式的嘴，在苗条的身体下面是6条细腿；背上有着两对绣着黄色斑纹的黑绒似的翅膀。

凤蝶初出来的时候，样子很糟，全身潮湿。翅膀折皱着，腿软弱无力，立起来简直是摇摇欲坠。

待空气一番洗礼后，6条腿慢慢强硬起来了，同时两对翅膀也缓缓地伸展开来。一两个钟头之后，它开始轻轻地扇动翅膀，反复操练。最后，它使劲鼓动翅膀，飞了起来，开始它空中的新生活。

轻盈婀娜的凤蝶来到空中，在温暖的阳光下翩翩飞舞。碧青深长的杂草，葱茏苍翠的树木，白的、红的、黄的、紫的花，好像都在欢迎它的到来。即使在它幼时讨厌它的人类，现在看见它，也没有不称赞它美丽的。

不知是谁还散发出芳香来迎接它哩。那香在空中飘荡，真是芬芳馥郁，使凤蝶沉醉了。

"啊，好香呀！是哪儿来的香呢？"

一嗅到这香气，凤蝶就连忙去寻找来源，好像猎狗嗅出野兔的气味一般。

凤蝶向着香气飘来的方向飞去，发现香的不是别的东西，正是那美丽的花。凤蝶不禁得意忘形起来，在花上狂舞不息，最后投进花的怀抱里。花拥抱它，它亲吻花。

从这以后，凤蝶就成天周旋在百花丛中。百花为它争奇斗艳。它觉得世界上最可爱的东西就是花。花好像是它的第二生命。要是没有花，它的生活也不知变成什么样了？

凤蝶因为爱花，所以从不避讳地去亲近花，于是流言不免传遍了人间。

人们一看见凤蝶流连花间，不是张三带笑说："凤蝶爱上了花哩！"就是李四鄙夷地发议论："凤蝶太浪漫了，尽在追逐花。"文人学士又说它是"浪蝶"。

好在凤蝶不懂人话，不觉得"人言可畏"。一切谩骂对它来说都等于零。它照常在花间往来。花有花蜜——一种又香又甜的蜜汁。花蜜就是凤蝶活命的养料。

这花蜜是花特为凤蝶准备的。花为招待它的好朋友，特地从花冠底部或花蕊旁边的蜜腺分泌出花蜜来。

为了能到花冠深处去吸花蜜，凤蝶的祖宗煞费苦心地长出一张长吸管式的嘴。这嘴代代相传，平时这吸管式的长嘴，卷作螺旋形，好像盘香，藏在头部下面。要是凤蝶肚子饿了，就会到花前，伸出长吸管似的嘴，插进花的深处，吸食花蜜。

花之所以这样殷勤款待凤蝶，是因为双方订了盟约。它们的盟约是依据互惠的原则，互相帮助：花供给凤蝶养料，凤蝶就替花效劳——做媒。因此，凤蝶是祖传的媒婆哩。

事实是这样的：

花有雌雄两种花蕊。花要结果子，雌蕊必须得到雄蕊的花粉才行。有些花的雌蕊得不到花粉，就白开了一场，没有结果就凋残枯萎了。

有些花的雄蕊花粉，是自动地落到本花的雌蕊上。可是有些花要靠外界的力量，把雄蕊上的花粉传递到雌蕊上。据说这样结的果，比较强健哩。因此很多花为了得到强健的后代，都找媒人给自己做媒——传递花粉。

花所请的媒人，有风，有水，有昆虫。请昆虫做媒的花很多。在昆虫媒人当中，顶受欢迎、顶有名气的是蜂、蝶、蛾三大"望族"。

花很懂"人情世故"，它知道昆虫绝不肯白白地替它效劳的。它必须要备办一份厚重的酬劳才能请到媒人。因此它制造了香甜的花蜜，作为酬谢媒人的筵席。

这还不算，花怕昆虫不知道它有花蜜，还装上了艳丽的冠，散发出芳香，从而招引昆虫上门。

昆虫来到花间，就不客气地享用起花备办的筵席，在享用这丰盛

的筵席的时候，主人就把花粉放在媒人身上，托它顺便把花粉传递到雌蕊上。

话说凤蝶自从出蛹之后，天晴的日子，大都在花间活动。凤蝶和同伴们特别喜欢百合花，常常聚集在百合花周围。百合花又大又美，花冠好像喇叭。百合花最喜欢的是凤蝶，觉得也只有凤蝶最有资格享受它的盛宴，因为它们有长吸管式的嘴，所以顶适合吮吸这喇叭形花冠底部的花蜜。

凤蝶在花间飞舞游戏。饿了，就伸出长嘴，插进花冠深处，吸食花蜜。它每次吸蜜并不多，吸了花蜜，它总要带走一些花粉，然后，飞到别朵花里去完成它的使命。

太阳下山的时候，凤蝶会飞到树林里，收拢四翅，停歇在树枝上。明天，要是下雨，它就不出去；要是晴天，就照常向花丛飞去。

凤蝶这样成天在花间游戏，曾引起了一些人的羡慕，说凤蝶过的是神仙生活（他们所谓的神仙生活，就是他们所幻想的一种无忧无虑、逍遥自在的生活）。

其实，凤蝶的一生，都是在险境中求生存的。正如前文所说，它幼时就遇过一些危险。

本来它妈妈生了很多的儿女。可是凤蝶这些兄弟姐妹，活到现在的，却寥寥无几。它们在幼虫时，有些是被无情的鸟类吞食了。那些生在柑、柚果树上的，大都遭了人类的毒手——他们用药毒杀这些幼虫。有些性命是葬送在姬蜂的手里。

说起姬蜂，可真是凤蝶的死对头。它的模样儿有点儿像黄蜂，身体细长，赤褐色，四翅黄色、透明。这种寄生蜂，特别喜欢谋害凤蝶这一族。母蜂们总是拿小乌蠋的血肉来养活自己的儿女。

它们是这样谋害凤蝶兄弟姐妹的：它们把卵生在小乌蠋肥胖的身

体里面。卵孵化成幼虫后，就寄生在小乌蠋的身体里面，吃他们的血肉长大。到姬蜂幼虫长成的时候，小乌蠋早已血枯肉尽，只剩下一个空躯壳了。

在那么多敌人的围攻下，凤蝶妈妈生的儿女们，不等到长成，就有很多遇害了。在凤蝶的成长过程中，鸟类和人类一直都在跟凤蝶作对。凤蝶曾亲眼看见自己的兄弟姐妹和同伴受鸟类和人类的杀害。它自己也差点遭遇敌人的毒手。

有一天，凤蝶飞到一个富翁的花园里，那儿有许多红的、黄的、紫的、白的花，各色花都散发出芳香。当凤蝶正在一朵百合花上飞舞的时候，被这家小少爷看见了。那孩子着白翻领衫，浅蓝短裤。

凤蝶刚一停下来，他就轻轻地走到它后面，伸出他那又白又嫩的小魔手来捉它。幸亏它眼尖，连忙鼓翅飞走了。那孩子的佣人，还在一旁帮凶，拿把蒲扇来追它。要不是它迅速地飞出墙外，它的性命就难保了。

凤蝶经历了许多次危险之后，变得格外警惕，不论是遇到了人还是遇到了鸟，它总是远走高飞，避免祸患。

它一次一次地脱离危险。后来，一桩喜事落到了它身上。

一个晴朗的上午，凤蝶在一朵百合花上，遇见了一只雄凤蝶。它的模样跟它相像，可是色彩要浓艳得多。

那雄凤蝶的身上发出一股香气。凤蝶一闻到这香气，就好像阴电遇着阳电一般，不由自主地跟它亲近。它俩一同翩翩起舞，羡煞了许多人间的青年男女。

后来它们结婚了。结婚的时候，它俩把腹部末尾互相交合着，人们称"交尾"。

新婚之后不久，凤蝶的丈夫，就筋疲力尽，最终衰弱致死。不久，凤蝶觉得自己的肚子在渐渐胀大。它知道这是要产卵了。于是它也像它妈妈

生它的时候一样，到处去找枸橘、柑、柚等树木。

　　它找到了一棵长着新枝嫩叶的枸橘，并选定一片嫩叶，在叶子的反面产下一颗卵。然后，它又飞到别处去找别的枸橘。它不能把它的卵产在一块儿，要是那样，将来许多儿女聚集在一起，很容易吃光一棵树的叶子，结果就会闹饥荒。

　　这树一颗，那树一颗，它产了多少颗卵，连它自己也不清楚，至少有好几十颗吧。

　　卵产完了，凤蝶对种族的责任已尽。这时候，凤蝶已觉得自己非常衰老了，虽然它还想挣扎着活下去，但是它的身体已经不济了。终于它像油干灯熄一样，老死了。凤蝶死的时候，大概是在它出蛹后一个月的光景。

知识链接

　　凤蝶，昆虫纲，鳞翅目，凤蝶科，一般为大型昆虫。翅密生各色鳞片，形成绚丽花斑，后翅臀区有尾突。常见的为花椒凤蝶，黄绿色；玉带凤蝶，黑色。凤蝶有些种类是害虫，有些种类受到保护。

透明的生命

王兆贵

在这个世界上,全身透明的生物并不多见,它们多半是生活在水里,其中,常见的当属水母了。去年夏天,在大海与内河的接合部,我曾近距离观察过水母。当时水母还处在幼年期,大小与一朵蒲公英相仿,不仔细搜寻,很难看得清楚,但只要发现了一只,就会接连看到许多只。看着这些晶莹、弱小的身躯,很难想象它们在波涛汹涌的大海中是如何存活下去的。

其实,这样的担忧完全是多余的。水母的出现比恐龙还要早,称得上生物界的活化石。它们从6.5亿年前延续至今,自有其存活的本领,比方说超强的繁殖能力、灵活的避害能力和适应能力等。水母是有性繁殖和无性繁殖兼而有之的海洋生物。春天时,它们会选一个风平浪静的日子聚集在一起,举行"集体婚礼",从而给精子和卵子以更多的结合机会,提高受精概率。完成受精后的幼虫,会慢慢沉入海底,躲避到海藻、沙砾、岩壁、礁盘等可藏身的地方,尽量防止被水流冲走。待吸足养分后,便进入无性的自我复制和分裂过程。

全球有200多种水母,分布在世界各地的水域里。在它们身上,至今还有许多未解之谜。大多数人普遍了解的是食用水母——海蜇。但是,即使吃过海蜇的人,也未必见过活体海蜇。我的老家在渤海湾畔,那里盛产海蜇,当地的门户网站取名为"水母网"。新鲜的海蜇、脱水的海蜇我都吃过,也曾听老人们说过有关海蜇的一些常识,但直到年过半百,

才亲睹过海蜇在水中的形态。那年回山东省亲，在圮碣岛上住了几天，正赶上海蜇大洄游。渔民们早出晚归，捕捞上来的海蜇堆成小山似的；沦落于滩头的海蜇，大约是受了伤，只能随波逐流地漂来荡去。走上前细看，小一点的就像伞形果冻，大一点的就像坨状浮冰。

我通过各种渠道对水母进行了解。原来，水母之所以称作"水母"，是因为它们身上除了极少量胶状物质外，几乎都是液体，是名副其实的"水做的骨肉"。不过，它们无鳞无刺无脊椎，当然也没骨头。同鱼、鳖、虾、蟹相比，水母不仅全身透明，外形特征也比较另类。它们既没有首尾，也没有鳍须，就连鼻、眼、唇、鳃也看不到，但颇具观赏价值。

我在海洋图片册中看到过一种水母：下半部分像用花瓣、花须叠加堆砌起来的基座；上半部分像水晶雕刻的琉璃盏，中央簇拥着大小不一、排列有致的"珍珠"。这哪里还是水母啊，分明是龙宫中的珍宝！让人不由自主地心生爱慕，反复端详，赞叹不已。海洋博物馆中的水母，形象自然更加生动了。它们有的像小伞，有的像蘑菇，有的像花冠，有的像挂在蓝天的云霞，有的像升到半空的孔明灯，有的造型很像不明飞行物……在不同角度或不同光线下，呈现着不同的形态和颜色，给人以梦幻般的感觉。它们体态轻盈、玲珑剔透、浮沉自如、漂来荡去、优哉游哉的样子煞是惹人喜爱。将它们比喻为海底精灵，一点也不为过。

水母家族的大部分子民生活在海洋里，也有少量流落于江河、湖泊之中。在我国内陆水域地区，曾发现过一种叫"桃花水母"的淡水水母，这名字听起来超尘拔俗。"桃花水母"也叫"桃花鱼"。"春来桃花水，中有桃花鱼。浅白深红画不如，是花是鱼两不知。"古诗里提到的"桃花鱼"，就是稀缺难见的"桃花水母"，因其形状若桃花，故得其名。在秭归，至今还流传着"昭君行前回故里，泪滴化作桃花鱼"的动人传说。

水母看起来婀娜多姿、温顺轻柔，但是，你若以为可以近距离接触甚至纵情拥抱它,那就自作多情了。水母除少量无毒外,大多都是能伤人的。在水母的伞状体下,有许多棒状和丝状触须,上面布有密集的刺丝囊,遇到敌害时能分泌毒液。因为它像黄蜂一样会蜇人,所以人们才把食用水母称为"海蜇"。人被水母蜇伤后,轻则刺痒灼痛,重则性命难保。有种叫"海黄蜂"的箱形水母,人被其蜇伤后,短时间内就会丧命,难怪有人把它称作海洋中的"温柔杀手"。我们吃到口中的海蜇,已经是加工处理过的,尽可放心享用,大可不必为之怵惕。

知识链接

水母,腔肠动物门水母型个体的通称。能浮游。形似伞,伞缘有很多触角,口位于下面中央,有时有长口管,或有长口腕。水母分小型的水螅水母和大型的钵水母两类。

一个蚂蚁新家族的诞生

[捷克]奥·西科拉

番德尔是一只全身像黑夜一般黑,颈上系着一块红点小布的蚂蚁。一天,他迷了路,在玫瑰村旁徘徊,不知该往哪里去好。

这时,他忽然听到一阵哭声。

在两片叶子下面,有一只年轻的母蚁伏在地上,半截身体埋在泥土里,正在轻轻哭泣。她还是一个新娘,不过她的翅膀已经掉下来了。她是结了婚的了,要单独建立起一个新的蚂蚁窝,下蛋、喂幼虫、照顾蛹,却没有一个帮手,她怎么能不愁呢?蛹没有长成工蚁以前,她得孤独地建造蚂蚁窝,而且得像其他母蚁一样,一步也不能走开蛹,连找东西吃也不能自己去呀!

"我孤单一人",她呜咽着,"怎么办好呢?"

"让我来帮你吧,蚂蚁妈妈!"番德尔说。

"但是我……我已经产了卵呀!"母蚁害羞地拿出几颗又小又嫩的蚂蚁卵说。

"那么,我得马上开始工作了!"番德尔边说边匆匆地扎起一把青草刷子,打扫起卫生来。接着,他又扛来树枝,搬来石子、树叶和草,在母蚁四周盖起了房子。

第二天太阳还没有升起之前,番德尔就已经做完一大堆工作了。他把树叶上的露水摇落在自己身上,洗洗脸,然后拉出一个用松针叶做的滑橇,载上蚂蚁卵,出去玩了。

"咦，滑橇载蚂蚁卵，这太有趣了！"当番德尔经过大家身边时，那些甲虫和小蚂蚁们都惊讶地张大了嘴巴。

见到了那么多善意的邻居，番德尔非常高兴。但是有一天，当他守着蚂蚁卵在一块白石头旁晒太阳时，一只陌生的大蚂蚁突然站到了他面前，想偷蚂蚁卵。

幸亏番德尔有警惕性，在那家伙伸手作案的时候便抓住了他。不然，蚂蚁妈妈该少几个孩子了！

俘虏是狡猾的，他趁番德尔低头照看蚂蚁卵的时候，一转身就溜掉了。

一连几天，都很平安。

现在，番德尔已盖起了真正的房子。房顶上有针叶盖着，房子的门口有四块石子挡着。同时他们还添了两间新房，一间放蚂蚁卵，另一间让从卵里爬出来的幼虫住。

有的卵已经开始蠕动了，甚至可以爬着走了。因为他们现在不再是蚂蚁卵而是从卵里爬出来的幼虫了，所以蚂蚁妈妈赶紧俯下身去，把他们弄干净，一边抚摸着他们，一边从自己的嗉囊里吐出东西喂他们吃。

这样，有了最初的小蚂蚁。接着，幼虫越来越多了。

番德尔看着那帮小可爱，幸福得不得了。当然，要照顾他们，给他们洗脸洗身子，还要哄他们吃和玩，这工作很辛苦。

没多久，一件怪事发生了。有几条最肥最壮的幼虫夜里睡啊睡，到第二天早上变成一动不动的、光滑的茧了。幼虫卷着身子结在茧里，连鼻尖也见不到了呢！

这可吓坏了其他幼虫。他们哭哭啼啼地围着番德尔，问他怎么办。番德尔笑笑说："别害怕！当他们睡醒的时候，茧会'呼'的一声裂开来的。那时从里面跳出来的就是一只大蚂蚁了。这是值得高兴的事啊！"

几天后,那些茧果真有动静了。只听见"呼"的一声,第一个茧破裂了,从里面爬出来一只年轻的工蚁。他四下里望一望,伸伸懒腰,把自己洗干净,马上就报名参加工作了。

又"呼"的一声,第二个茧破裂了。从里边爬出来一个更结实的家伙,他去当卫兵了。

再"呼"的一声,这一回出来了一个保姆,她略略打扮了一下,就去整理别的茧了。"呼""呼""呼",没多少工夫,那些新生的蚂蚁们已在蚂蚁窝里开始了真正的蚂蚁生活。现在,打木料这样的活,已用不着番德尔亲自去干了,那些年轻的工蚁们力气可大着呢!

番德尔当了厨师,他负责做饭。而漂亮的保姆们,围着围裙,在清晨就把露珠和青苔采来,给妈妈洗脸和擦身。

妈妈有这么多儿女簇拥着,可幸福了。

她现在唯一的工作就是给她的儿女们生更多的小弟弟和小妹妹。

那些新生的卵和茧被保姆们抱在怀里带到外面去晒太阳了,而卫兵在旁边守卫着他们。

玫瑰村旁的这个蚂蚁窝,如今已是个很热闹的家族了。

知识链接

蚂蚁,昆虫纲,膜翅目,蚁科昆虫的通称。群居性,有明显的多型现象,包括雌蚁、雄蚁与工蚁三种不同的型,有时尚有由工蚁变型的兵蚁。一般雌蚁与雄蚁有翅,工蚁与兵蚁无翅。

旱獭维琪的一家

[法]海琳·法都

在阿尔卑斯山的山脚下,旱獭在那里找到了他们的藏身地方,远离着人们。在一块岩石附近,有一个长满青草的小斜坡,隆弗弄和维琪在那里挖地洞做了个窠,他俩在春天生了3个孩子。他们分别叫普吕尼、克罗苟、邦多弗。

现在是冬季了。旱獭要在窠里冬眠5个月,靠着身子里贮积的脂肪来维持生命,过着不吃不喝的日子。在冬眠期间,他们的心脏跳动得很慢,身子慢慢变冷变僵,好像要死的样子。不过,为了不使卧室潮湿,他们大小便时,一般到隔壁的一间作为厕所的房里排泄。5个月对挨饥受饿的老鹰和羚羊来说,是漫长难熬的日子,而对冬眠在地下的旱獭来说,好像仅仅过了甜蜜的一夜。

雪开始融化,到处流着雪水,渗入石头缝中。那些小河荡漾着水波,低声说:

"旱獭们,醒来吧!你们还等待什么?樱桃树已经开花了!春天到啦!旱獭们,醒醒吧!醒醒吧!"

一个雪堆颤动着向上升,出现了一个脑袋,另外一处,又出现了一个脑袋……一忽儿头朝左摆,一忽儿头朝右摆,旱獭们嗅着新鲜空气。太阳抚摸着他们红棕色的脸。他们相视着,无疑是在交换信息。于是,他们同时出发,去找寻初放的花儿。

阳光下,大地上开放着各种花儿。旱獭们把这些花儿做成美味的菜

肴：两片蝴蝶花的花瓣，一个杜鹃花的花冠，几粒洋商陆的浆果，一串野醋栗……

在旱獭的洞穴附近，有一块平坦的大岩石，这是旱獭们最喜欢的岩石。当旱獭们的脚一接触它，他们就变成小雕像似的，一动不动，专心致志地注视着周围。当他们一离开它，那种魔力就没有了。他们又变得很灵活，肚皮贴着地面爬行，彼此开着玩笑。他们摇晃着脑袋，眨着眼睛，皱着鼻子，以逗趣的小动作捉弄彼此。那些年轻的，便一对对地嬉戏。滑跤、追逐、搏斗、翻跟头，这些游戏逗得岩石都乐了！

维琪后腿站立着吃花草，灵活的大眼睛察看着四周。不放过周围的任何动静：一个新影的出现，一只鸟儿的飞过，一棵草的响动……

突然，老鹰的叫声划空而来，撞着山崖。回声反复地响着，一直传到了旱獭们的草地上。

维琪不安起来。这种叫声，她是熟悉的，表明有两只老鹰在猎取食物。她仰望着天空。

然后，维琪发出一声短促的啸声，警告旱獭们大难临头了！所有的旱獭一下子都不见了，好像土地把他们吞掉了。一只老鹰张着脚爪，一个俯冲抓走了一只鸟儿，向洼地迅速地飞去。

有一天，维琪正在为玩耍的孩子们放哨，突然，岩石后面探出两个脑袋。

"傅依依依依！傅依依依依！傅依依依依……"维琪急促地发出警告，旱獭们朝四面八方逃命。维琪正打算躲藏到两堆石头之间，想不到其中一堆石头被震动了，砸在她的腿上。她挣扎着。

"唉！可怜的动物！"一个小姑娘喊了起来："吉罗姆！快来看！一只旱獭被石头压住了！"

维琪被装进背袋里，带到了小姑娘的家里。小姑娘的妈妈看了看旱獭，说："加特琳，这是一只年老的母旱獭，大约有七八岁了。你们看她的牙齿，差不多变成褐色了。"

对旱獭们来说，这是光荣的颜色。年纪愈大愈聪明。他们的白牙齿随着年龄的增长变成黄色，然后变成橘红色，颜色逐年加深，最老的变成褐色。

孩子的爸爸拿来两块小木板，夹着维琪受伤的腿，再用绷带缚牢，把那只受伤的腿固定住。

草地上，旱獭们在警报解除后，又出来了。隆弗弄问邻居们："维琪在哪儿？"孩子们从这只旱獭身边走到那只旱獭身边，不断地打听，"妈妈，妈妈在哪儿？"

谁都没有看见维琪。她失踪了。家园里充满着眼泪和悲伤。

维琪的伤已经好了。有一天，吉罗姆、加特琳和爸爸上山去找寻旱獭。旱獭们都不见了。吉罗姆打开背袋，维琪爬了出来。爸爸低声说："我们躲到那块岩石背后，不要有响动。"

隔了一会儿，旱獭们都出了洞。他们走来走去，注视了好久。忽然，其中一只叫了起来："维琪！你回来了。"其他旱獭也都奔了过来，围着维琪，摇着尾巴，表示慰问。

知识链接

旱獭，亦称"土拨鼠""鼧鼩"。哺乳纲，啮齿目，松鼠科。体粗壮，长37～63厘米。头阔而短，耳小而圆；四肢短而强，前肢的爪特别发达。尾短，略扁。体背一般为土黄色，杂以褐色；腹面黄褐色。生活在草原、旷野、岩石和高原地带。穴居后不久即交配，每胎2～8仔。为鼠疫、布氏杆菌病和兔热病的传播者。中国有4种旱獭：灰旱獭、长尾旱獭、草原旱獭、喜马拉雅旱獭。

小水蜘蛛

[苏联]尼·巴甫洛娃

夏天，小水蜘蛛诞生在池塘里，在秋天里长大。当水里居民开始谈论布置冬屋的时候，小水蜘蛛也像大水蜘蛛一样，沉思起来，想着自己应该躲到什么地方去过冬。

可以爬到岸上去过冬吧？小水蜘蛛虽然生活在水里，但毕竟是个真正的蜘蛛。他的身体，像所有的蜘蛛一样，腰细细的，分为两截。前半截，是带8只小眼睛的头和带8只脚的胸；后半截是肚子。小水蜘蛛的脚又长又有劲，可以在岸上跑起来。

不过，爬到岸上去很危险——那儿完全是另一个世界！说不定谁会把你吞进肚子里，你甚至都不知道是谁吞的。

要不，钻到淤泥里去吧？可是那儿没有空气。

小水蜘蛛是要呼吸空气的。为了呼吸空气，他像穿衣裳似的，身上掮着一个银色气泡。等小水蜘蛛感到气闷的时候，他就浮到水面，往自己的气泡衣服里灌点新鲜空气。

此外，他还有个空气堡寨——一座透明的银色圆锥形堡寨。这座堡寨轻极了，如果不用蜘蛛丝把它绑在水底的"小松树"上，它就会飞走呢。

堡寨是小水蜘蛛用蜘蛛丝做的，里面的空气也是他一气泡一气泡亲自运来的。堡寨的入口在底下。小水蜘蛛就在这座堡寨里埋伏等待猎物，在这里面吃，在这里面睡。

不过，在这样透明的堡寨里面过冬，很可怕。你睡得甜甜的、香香的，等敌人到你眼前，你都不知道。

那么，到底安排在哪儿过冬呢？……

小水蜘蛛决定和他的妈妈商量商量，于是游去找妈妈。

他好不容易才找到妈妈——她坐在慈姑叶子下，攀在一个平滑溜圆的深颜色东西上。

"孩子，你来得正是时候。"妈妈说，"你看，我已经给自己搭好了冬天住的房子。不久，我就要搬进去住了，用蜘蛛丝编一扇门，把入口严严实实地封起来。"

这时，小水蜘蛛才看清楚：原来那个深颜色的圆东西，就是一座空气堡寨，只是这座堡寨的墙很厚，是不透明的。

"我担心我盖不出这样的堡寨来。"小水蜘蛛说，"妈妈，能不能盖个简单点的？"

"你去问你爸爸吧。"妈妈回答，"他打算用另外一种法子过冬。"

小水蜘蛛爸爸待在三根细树枝之间的一个小洞里。要不是小水蜘蛛不留神被他的长脚绊了一下，根本就找不到他。

"我就在这儿过冬。"爸爸说，"我什么也不造，只准备把我的气泡衣服装得鼓鼓的，让气泡里的空气够用一个冬天的。"

"我担心我不会把气泡弄得那么鼓。"小水蜘蛛说，"爸爸，有没有更简单的过冬办法？"

"找个普通的贝壳，"爸爸说，"在贝壳里灌点空气，然后钻进去睡到明年春天。"

"这个办法我喜欢！"小水蜘蛛说。他和爸爸道别后，就去找贝壳了。

他的运气还不错，一下子就找到了一个大螺蛳壳，然后往螺蛳壳里运空气。

　　一切都很顺利，但是螺蛳壳一灌空气，就变轻了，上升到水面，浮在水面的浮萍下。

　　小水蜘蛛发了愁：在水面，完全没有在水底舒服呢。他问浮萍："你在这儿过冬，心里不害怕吗？"

　　"我要离开这儿的。"浮萍回答。

　　"到哪儿去？"小水蜘蛛问。

　　浮萍没有回答——她不喜欢说话。可是小水蜘蛛也没慌神儿，他用蜘蛛丝把自己的螺蛳壳绑在绿色的浮萍上，然后又用蜘蛛丝和浮萍把螺蛳壳的入口严严实实地封了起来。

　　天冷了，水开始结冰了，浮萍降到水底，把小水蜘蛛和螺蛳壳也一起拖了下去，一直到现在，他还睡在水底呢！

知识链接

　　水蜘蛛，蛛形纲，水蛛科，生活于淡水中，捕食虾类等。结钟形网于水下的水草间，网口朝向水底。腹部密生白色绒毛，不易浸湿，借此将水面空气带入网内，以供呼吸。其多分布于欧洲。

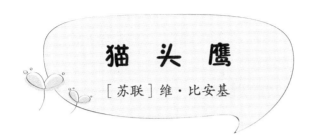

猫头鹰

[苏联] 维·比安基

一个老头在坐着喝茶。他的茶里泡有牛奶，所以白花花的。一只猫头鹰飞到老头身边。

"你好啊，"猫头鹰说，"朋友！"

老头却对猫头鹰说："你这猫头鹰啊，脸丑、耳翘、鼻子钩。你躲着太阳、避着人——我怎么会是你的朋友呢？"

猫头鹰生气了。

"那好，"他说，"老家伙！我夜里就不往你草场上飞了，老鼠你自个儿抓去吧。"

老头却说："看来，你是想要吓吓我哟！滚你的吧，趁你还活着。"

猫头鹰飞走了。他躲进橡树洞里，不再飞出来。到夜间，老头的草场里，老鼠们在各自的洞里"吱吱"地欢叫着，他们此呼彼应："亲家，伙计，看哟，猫头鹰不飞来了吧，脸丑、耳翘、鼻子钩的猫头鹰不飞来了。"

老鼠跟老鼠搭话："猫头鹰不来了，猫头鹰不叫了。如今，草场是咱们的天下了；如今，草场是咱们的世界了。"

老鼠们从地下跳出来，满草场奔跑。

猫头鹰从树洞里伸出头来："嚯——嚯——嚯，老头！你快去看看你的草场吧，那里糟透了。老鼠们都在说：'走，出去打猎去！'"

"让他们出来好了，"老头说，"鼠群总不是狼群，老鼠吃不了我的小

母牛。"

众老鼠把草场搜索了个遍,他们一个劲地找丸花蜂的窝,翻开地,捉丸花蜂吃。

猫头鹰把头从树洞里探出来:"嚯——嚯——嚯,老头!你快去看看你的草场吧,那里糟透了:你的丸花蜂全飞走了。"

"让他们飞走好了,"老头说,"他们对我有什么用处,既不做蜜,又不结蜡,只会把人蜇出红红的包块。"

给奶牛做草料的三叶草垂下了头,可丸花蜂只顾"嗡嗡"叫着飞离了老头的草场,对老头的三叶草的花瞅也不瞅一眼,更不给它们传播花粉。

猫头鹰把头从树洞里探出来:"嚯——嚯——嚯,老头!你快去看看你的草场吧,那里糟透了:得你自个儿去给三叶草的花传播花粉了。"

"风会传播的。"老头说着,还是一点也不着急。

风在草场上游荡,吹动了三叶草,把花粉洒落在地面,于是老头草场上的三叶草不再生长了。这可是老头儿所不愿意看到的。

猫头鹰把头从树洞里探出来:"嚯——嚯——嚯,老头!你的奶牛叫了,要吃三叶草哩——给奶牛喂草料吧。"

老头不吭声了。他还有什么好说的呢?

奶牛只有吃三叶草才会肥壮,没有三叶草,奶牛一天天瘦了下去,产奶量明显下降了,给奶牛喂糠水,可下的奶尽是些渣渣。

猫头鹰把头从树洞里探出来:"嚯——嚯——嚯,老头!我跟你说,你还得来求我才行。"

老头从早到晚骂骂咧咧的,尽生气,可事情依旧很糟。猫头鹰蹲在树洞里,就是不捉老鼠。

老鼠把草场翻寻了个遍,到处找丸花蜂的窝。丸花蜂在其他草场上飞旋着,传播花粉,连看都不看老头的草场一眼。老头的草场上,三叶草不再生长。奶牛没有三叶草充饥,越来越瘦弱了。奶下得少得可怜。老头的茶里没有奶了,茶也不再白花花了。

老头没东西泡茶了,他只得去求猫头鹰了:"猫头鹰,我的好兄弟,你救救我吧,这苦头我吃够了,我一个老人,喝的茶却没有牛奶。"

猫头鹰一双大眼睛骨碌骨碌转了一阵,脚爪"笃笃"敲了敲。

"既然你来求我,"他说,"那当然要以友情为重。咱们还是不要互不关心了。你以为我不吃老鼠,肚子会好受吗?"

猫头鹰原谅了老头,从树洞里飞出来,飞到草场上逮起老鼠来。

众老鼠害怕了,纷纷躲进了地洞。

丸花蜂又在草场上"嗡嗡"地飞旋,传播着花粉。三叶草又在草地上茁壮地长了起来。

奶牛又到草场上吃三叶草了。奶牛的产奶量也猛增了。

老头又有奶茶喝了,茶白花花的,他开口闭口都在夸猫头鹰,并请猫头鹰到他那儿作客。

知识链接

猫头鹰,也称"鸮",鸟纲。喙和爪都弯曲成钩状,锐利,嘴基具蜡膜。两眼不似他鸟之着生在头部两侧,而位于正前方;眼的四围羽毛呈放射状,形成"面盘"。周身羽毛大多为褐色,散缀细斑;稠密而松软,飞行时无声。猫头鹰夜间或黄昏活动,主食鼠类,间或捕食小鸟或昆虫,为农林益鸟。

北极狐狸

[日] 滨田广介

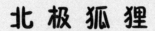

在冰雪覆盖的北极岛上，住着一群狐狸，叫"北极狐狸"。一天，一只北极狐狸从一个雪窟窿里钻出来寻找食物。那里是一片白茫茫的世界。北极狐狸浑身披着白色的皮毛，走在雪地上，和地面浑然一色，谁也看不出他来。可是当月亮升上天空的时候，他的影子就清晰地照在了雪地上，于是，兔子们马上就看到他的影子了。

"喂，注意呀！那尾巴粗粗的家伙来了！"

兔子们互相提醒着，"唰"地一齐逃走了。

现在，北极狐狸找不到东西吃，肚子饿得"咕咕"直叫。

"怎么办呢？"

他蹲下来喘着气，忽然想起了自己的爷爷，记起爷爷曾经对他说过的话："孩子，你在饿得难受的时候，可以到海边最高的岩石下面去。那里有一个凹进去的地方，上面放着鱼的骨头，你一下就能看到。然后，你就往那下面挖吧！"

这是爷爷夏天告诉自己的。记得在那以后不久，爷爷独自出去了，从此就再也没有回来。

北极狐狸忍着饥饿，站了起来。他在冰上奔跑，不一会儿就来到海边。北极狐狸在冰上虽然跑得很快，但不会跌倒。这是因为他脚掌下面长着密密的毛，所以在冰上跑是滑不倒的。

海边的一块高大的岩石屹立着。岩石下面有一个凹进去的地方，上面果然有白白的鱼骨头。北极狐狸很快地挖起来。他饥肠辘辘,软弱无力,但仍用脚爪拼命地挖呀挖呀……

突然,挖出了东西。"呀!"北极狐狸高兴地叫起来。

原来是小小的蛋。一个、两个、三个、四个、五个、六个,大概还有吧!他又挖,七个、八个、九个、十个。可能底下还藏着不少蛋呢!这是一种海鸟的蛋,是北极狐狸最喜欢吃的蛋。

为什么狐狸爷爷在这里藏了这么多的蛋呢?

原来,夏天,狐狸爷爷在这一带找到了许多鸟蛋。他忍着不吃,把鸟蛋埋藏起来。因为在夏天,还可以找到许多其他食物呢!

就这样,平时留心,把暂时不用的东西储存下来,一旦需要,就可以用上了。

"谢谢您呀,爷爷!以后我也要像您一样。"

北极狐狸这样想。

知识链接

北极狐狸全身覆盖着雪白的皮毛,与白雪茫茫的北极环境融为一体,不容易被发现。它的脚下有浓密的毛,在冰面上走路不冷也不滑,舒舒服服、稳稳当当。天气寒冷时,它很难找到食物。因而,在食物充足的夏天,北极狐狸就把食物储存起来,以防冬天挨饿。

蝴蝶赴宴

[法] 罗丹

几位蝴蝶小姐真是倒霉透了。她们高高兴兴地捧着鲜花去赴宴，却被M卫星先生嘲弄一番，气得她们在宴会厅里大闹了一场。至今想起来，心里还不是滋味。

这一天，M卫星完成了在太空探测的任务，从火星返回地球。科学家们给他披红挂彩，记功授奖，并举行了盛大的庆功会。M卫星想到自己能够成功，电脑大哥和精密仪器女士帮了大忙，便在泉山宾馆举行了一次答谢招待会，请来的嘉宾，除电脑大哥和精密仪器女士之外，还有机械大叔、合金钢爷爷，以及电视台的摄像机先生。真可谓高朋满座，济济一堂。大家一边喝酒，一边夸奖M卫星这次探测任务完成得特别出色，在火星上拍摄了许多珍贵照片，搜集到很多重要资料，记录下不少宝贵的数据，为人类进一步研究火星帮了大忙。嘉宾们一齐举起杯来："干杯！干杯！为M卫星先生的重大成功干杯！"

M卫星听到大伙的赞扬，嘴里虽说"哪里！哪里！这全靠大家帮忙哩"，但是心里乐颠颠地觉得自己了不起。

正在这时，几位蝴蝶小姐捧着鲜花，款款地飞了进来，"嘻嘻哈哈"地大喊："M卫星大哥，你真不够朋友！今天请了这么多好友聚会，怎么就忘了我们蝴蝶呢？我们可是帮过你的大忙呀！"

M卫星正举着酒杯喝到兴头上，见是几只小小蝴蝶来吃喝，心里老大不高兴。他瞪着红红的眼睛，挥着手说："去！去！谁请你们了？自己闯来吃'白食',也不害臊吗?"

"吃白食?谁稀罕你的酒菜呀?"蝴蝶们一听,肺都气炸了,把花一丢,七嘴八舌地大嚷起来,"我们听说你是答谢有功人士,看在我们老交情的份上,才给你面子来捧场的。你却这样没礼貌,有什么了不起嘛!要不是我们曾经帮助你,你能有今天的风光吗?忘恩负义的小人!"

宴会厅的客人们忙放下酒杯,望着这些气愤不已的蝴蝶,一时也不知说什么好。

M卫星没想到蝴蝶们会当着客人的面这样数落他,气得脸上一阵红一阵白。他"嚯"地站起来问:"你们算什么有功人士?你们对我M卫星有功?真是天方夜谭!不怕别人笑掉牙么?"

M卫星这么一说,蝴蝶们更气了,朝他"呸"了一口,扭头就往外飞。

摄像机先生以记者特有的敏锐,忙拉住蝴蝶们说:"别生气!别生气!都是朋友嘛,我们正想采访你们呢。M卫星先生也许是一时疏忽,忘了给你们发请帖,刚才又多喝了几杯,你们别跟他一般见识嘛!"

蝴蝶们听摄像机先生这么一说,火气消了几分。她们想:也好,今天我们就当着客人们的面揭揭M卫星的老底,看他今后还这样神气吗?

蝴蝶们大摇大摆地往宴会厅的沙发上一坐,摆出一副要开记者招待会的架势。摄像机先生立即把镜头对准她们,想听下面的"好戏"。

一只黄蝴蝶站起来一手叉着腰,一手指着M卫星大声说:"是的,你今天成功了,可你爷爷当年成功了吗?呸!差点儿'烤'焦了,'冻'坏了,把科学家们的脑筋伤透了!"

M卫星看着这架势,听到这突如其来的质问,一时也懵了头,不知要怎样回答。

摄像机先生忙拍拍黄蝴蝶说:"慢慢讲,慢慢讲,我们会把你们的功绩,如实向全世界报道的。好好说吧!"

黄蝴蝶把头转向摄像机先生，口气缓和了些，开始向客人们诉说起来：

"早几年，科学家们把M卫星的爷爷发射到太空的时候，遇到了一个大难题。原来人造卫星在太空遨游时，总是一面受到阳光的照射，另一面处在阴影区内。受到阳光照射的那一面，卫星表层温度高达200℃，而处在阴影区的那一面，温度为-200℃。这一来，这位卫星爷爷总是一面被'烤'得受不了，另一面又'冻'得直哆嗦，肚子里的精密仪器，不是被'烤'坏了，就是被'冻'坏了，什么资料、数据也没带回来，急得直哭鼻子。科学家们也为此伤透了脑筋。正在这时，一只蝴蝶飞到科学家的实验室里。科学家们马上想到：'这些蝴蝶在空中飞行时，又是怎么解决这个难题的呢？'

"科学家立即对蝴蝶进行了仔细观察和研究。他们惊奇地发现：蝴蝶身子的表面，长着一层细小的鳞片。

"这就怪了，蝴蝶身上为什么要长这样的鳞片？它们到底能起什么作用呢？

"又经过一番反复的观察和研究，科学家们终于揭开了这个秘密。原来这些鳞片有调节蝴蝶体温的作用。每当蝴蝶在阳光下飞行时，蝴蝶身上的鳞片便会自动张开，减小太阳光的照射角度，也就减少了对阳光热量的吸收。当蝴蝶飞到阴凉地方的时候，外界气温下降了，蝴蝶便把身上的小鳞片闭合。这样一张一合，哪怕外面的气温变化再大，蝴蝶也能把自己的体温控制在一个正常温度的范围里。

"这个发现使科学家们兴奋不已，他们决心向蝴蝶学习，模仿蝴蝶身上小鳞片的自动张合。经过艰辛的研究和探索，科学家们终于给卫星设计了一种类似蝴蝶鳞片的'控温系统'。这样一来，卫星爷爷的子孙们，再到太空执行任务的时候，便不会受'烤'挨'冻'了。"

"呵，原来是这样！"摄像机先生和其他客人们都为蝴蝶小姐们鼓起掌来，齐声说："M卫星先生，蝴蝶小姐确实为你的成功立下了汗马功劳呀！你怎么会忘了这样重要的有功人士呢？"

M卫星这才满脸羞愧，连忙去邀请蝴蝶小姐们入席。

蝴蝶们拍拍翅膀说："只要你能想到，自己的成功中总会渗透着许多知名或不知名者的汗水和智慧，我们就满足了。这个'白食'我们是不会吃的。"

蝴蝶们说罢，张开美丽的翅膀，一个个飞出了宴会厅。

知识链接

蝴蝶，昆虫纲，鳞翅目，锤角亚目昆虫的通称。翅及体表密被各色鳞片和丛毛，形成各色花斑；大小因种类而异。头部有锤状或棍棒状触角一对、复眼一对；口器特化成喙，虹吸式，不用时作螺旋状卷曲。种类甚多，有些种类是害虫，如稻弄蝶（稻苞虫）、菜粉蝶等。

第三辑
探索与发现

不懈探索未知世界，不断有所发现，然后在发现的基础上发明创造，这就是科学发展的过程。人类从蒙昧到文明，地球从洪荒到繁华，怎能少得了探索者艰辛的脚步？

昨天的尖端科学，今天已成为常识；今天的科学谜团，说不定明天就会解开；真的到了明天，还会有新的未解之谜困惑着我们。

科学无禁区，探索无止境，发现无穷尽。

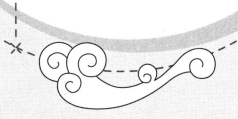

地球深处有大洋

张太平

2007年，美国科学家对地球内部深处进行扫描时意外发现，在东亚的地下深处（700千米～1 400千米）有个巨大的水体，其含水量至少相当于北冰洋的含水量。

这是人类首次在地幔（地球的地质结构分为地壳、地幔和地核，地壳下面就是地幔）下面发现如此巨大的水体。它是由美国华盛顿州立大学的地质学家迈克尔·维瑟逊和加州大学的耶西·劳伦斯共同发现的。他们两人一起分析了将近60万份有关地震波的资料。他们注意到，在亚洲大陆下面，地震波会表现出一种减弱的现象，而在北京地下尤其明显，速度也略有减慢。迈克尔·维瑟逊在北京大学的一次演讲中首次使用了"北京异常"这个名词，迈克尔·维瑟逊说："水可以减慢地震波的传播速度，大量的减弱和减慢的迹象可以说明水的存在。"

迈克尔·维瑟逊表示，这个巨大的水体并不是真正意义上的大洋，它实际上存在于岩石中。他说："那里看上去仍然像是固体岩石，你只有把它放到实验室里才能找到其中的水。当你把它加热的时候，它就会脱水，就如同你用火烧一块黏土一样，可以把里面的水蒸发出来。"

地表以下700千米～1 400千米的位置本应该属于地幔层，那么，地幔层存在如此大面积的地下水是否有科学依据呢？

大多数科学家认为，地球在构造上是由同心圈组成的，最外面的一层叫"地壳"，地壳的平均厚度为33千米，有山脉的地方地壳就厚一些，有海洋的地方地壳就薄一些。地壳的压力由上至下逐渐加大，由表面的1个大气压增至1 300个大气压，温度至底部增加1 000℃左右。地壳下面一层叫作"地幔"，又称"中间层"，介于地壳和地核之间，厚度2 900千米左右。地幔的物质可能是固态的，也可能像黏胶一样处于半流动状态。地幔再往里就是地核。因为地核离地面太深，所以我们至今对它了解得很少。

对于地球深处水的存在，科学家们有多种说法。以前，科学家认为由于地幔深处的温度很高，岩石中不会存在水分。到了20世纪，有位科学家提出，现在地球表面的水仅仅占地球总水量的13%，还剩87%的水量保存在地幔里，它成为不断补充地表水分的后备来源。

还有一种关于地表水来源的说法：地球表面本来没有水，而地表最初的水，大部分以岩石结晶水的形式存在于地球内部，或者存在于岩浆中。随着地球的演变，这些地球内部的水通过火山喷发，也可能通过岩浆侵入等方式跑出来，蒸发到大气中，再降落下来形成地球上最初的地表水。甚至还有人估计，目前全世界每年仅因火山爆发，就会有4 000万～5 000万吨的水被带到大气中。

对于迈克尔·维瑟逊的说法，也有科学家持不同意见，他们认为，地震波的减弱现象与多种因素有关，除了水，还与岩石、板块、过渡层等有关。因此，"北京异常"这一现象是否准确，还有待进一步研究。

知识链接

地下水是赋存于地面以下岩石和土壤空隙中的水。它是一种资源，也是生态环境的重要因子和一种活跃的地质营力与信息载体，可作居民生活用水、工业用水以及农业灌溉用水的水源。无计划过量取用地下水会引起土层变形，产生大范围地面沉降、海水入侵等不良后果。

黄河源之一：畅饮鄂陵湖

刘先平

向导说："你们的运气特好，前几天一直是大雨，有三辆车陷在沼泽地，昨天才拖回来。今天这样的大晴天是你们有福有缘！"

去黄河源——走向多年的梦想。我们是虔诚的信徒，那种朝圣的激动、兴奋，在血液中澎湃！

出了县城，车在广阔的草原上行驶——实际上是高原盆地，远山连绵环绕，雪山林立。

地图上标有一条至鄂陵湖、扎陵湖的公路，其实那只是车轮在草原上辗出的印子。车在草原上颠簸如同在轻波微浪上荡漾，令人感到惬意。

左前方现出一片工地。向导说那里正在修建水电站，是黄河第一水电站。

在世界十大河流中，中国占三条：长江、黄河、澜沧江（流出国境后称为"湄公河"）。黄河排行第五，全长5 464千米。

在黄河上游的高山深谷中，已建立了多座阶梯水电站，计划要建立40座水电站。关于将大河截断、高筑水坝、失却天然的现象，已在当今的社会引起争论。发达国家率先炸坝，恢复河流天然的面貌，恢复自然生态。在我国这样的争论也已兴起。

人类总是忘不了要将自己的意志强加于自然，自然又总是在默默地接受，直至反抗！

由于施工，车在坑坑洼洼中摇晃，植被遭到严重的破坏。

车行两个多小时后，逐渐进入水凼、漫水的草滩。连路的影子也消失了。向导只是用手一指——右前方的山。郑师傅也就驾车径往那个方向驶去。

真是难为郑师傅了，一会冲进小沟，一会驶进洼地，比昨天的夜路还要惊险。好在国产的越野车经得住折腾。

忽见青光撩眼，青蓝青蓝，整个一方天空，晶莹耀目，无限诱惑。

啊，鄂陵湖！

车未停稳，我已跳了下去，跟跟跄跄地向青蓝的水晶世界奔去。

"扑啦啦"的击水声——斑头雁、野鸭、鱼鸥、鸬鹚突然惊起，在湖面划出如诗的水纹，漫天飞去！

突然后衣被人抓住："使不得！湖深，水冰寒。不能下湖！"原来是向导。

我索性将手从衣袖中抽出，仍向鄂陵湖走去。

可是，撞上了李老师。她已神不知鬼不觉地抢到我的前面。

"还有长江源、澜沧江在等着我们！找个浅一点的地方下去。"

真是知夫莫如妻了。

对她，向往得太久，太久！

激情，是创造的灵魂！

我按捺住汹涌的血流，走到湖边，缓缓地跪下，将身体匍匐。先是一阵狂饮，再慢慢地品味：啊！真甜！一股沁入骨髓的甘泉在五脏六腑中流淌……

李老师正在掬水而饮，那样的虔诚，那样的庄重。

鄂陵湖辽阔、悠远。无边无际的蓝天、雪白的云、巍峨的山，互相辉映。这大约就是人们所向往的仙境吧！

湖水平静，天宇浮云，山也是那样舒缓地绵延，雄壮而不峥嵘，它

们肃静沉思,诠释着宇宙万物的哲学。在这宁静中,却蕴藏着创世纪的力量、锦绣的世界、鲜活腾跃的生命!

鄂陵湖的面积约有610平方千米,南北长,东西窄。我们从偏东的北角进入。在青藏高原跋涉时,常能碰到一些难以理解的事,几百平方米,甚至几十平方米的水域,被称为"海子";大面积的水域,则被称为"湖"。就连青海也要缀上"湖"字。我曾试图做过释疑,但总觉得难以说清。

向导指了指东边水草茂密处:

"湖水从那里流出。"

我提脚就往那边走。向导说:

"望山跑死马,远着哩!"

"你们不想往源头走?"

"回程时再去吧,都是水草地。车一陷进去,我们五个人都很难把它抬出来。"

我向水口处默默地注视了很长时间,才折转身来,沿着湖边缓缓而行。

路旁有一断垣残壁的小屋,似是地图上标的"渔场"。向导说渔场早就没了。过去湖里鱼多,打了几年,就越来越少了。高寒地带,鱼生长缓慢,当然经不住大量捕捞。

从地图上看,我们只有沿着左边的湖岸行进,才能到达扎陵湖。

向导告诉郑师傅:前面有两处河沟较深,不知现在情况怎样,还是慢点好。

我们信步走着,请郑师傅在前边等。

岸边植物茂盛,鸢尾花、龙胆花、绿绒蒿、野菊花开得轰轰烈烈,五彩缤纷。高山花卉,特别娇艳。一只黑色黄斑蝴蝶,在花丛中飞舞。

正走着,李老师突然惊呼:

"看,快看湖面!"

刚才还平静如镜的鄂陵湖,骤然之间有了多种颜色水花,如冬日冰花盛开,水中的云更是光怪陆离。

鄂陵湖在高原艳阳——强烈的紫外线映照下,现出了魔幻般的光彩辉映……最为叫绝的是,浮在湖中的各色水鸟,这时都披上了新装,放射出别样的色彩。

我是在巢湖边长大的,可从未见过如此斑斓的湖光呢!

知识链接

鄂陵湖,在藏语中意为"青蓝色长湖"。其是青海省黄河上源的大淡水湖。在玛多县西部、扎陵湖以东。面积610平方千米,湖面海拔4 268.7米,最深达30.7米,贮水量107.6亿立方米。黄河上源自西面分九股注入,从北面流出。湖中水产资源丰富。湖心小岛鸟类聚集。湖滨为重要牧场,景色优美。

黄河源之二：鸥鸟发射导弹

刘先平

车在一条大沟边等着，旁边有100多平方米的水泊。沟有四五米宽，水的流速不快，看样子似乎可涉水过去，可车怎么办呢？

难道上天只让我们到达此地？

我站在那里思索着各种方案，问向导：

"还有别的路吗？"

"要绕回去，再绕到另一条路上。"

"绕多远？"

"也就二三十千米吧！可那边路我不熟，听说都是沼泽地。"

郑师傅见我坐到地下正在脱鞋脱袜，忙说："刘老师，你别急，我来看看。"

他上下审视了一番，问向导：

"这沟是原来就有的，还是今年才挖的？"

"好像不是新挖的。"

"有车轮印子！"李老师有了新发现。确有半个车轮印子未被雨水冲掉，但在乱石中很不显眼。

郑师傅仔细看了后，说："两边坡不陡，可以冲过去。不愿坐车的就摸着石头过沟吧！"

说得我和李老师都笑了起来，毫不犹豫地上了车。

郑师傅加大了油门，"呼"的一声冲进沟里。水花四溅，只感到车一颠……

哈哈！过来了。车正平稳地在湖岸上滑行……

"你们二老是真的探险家！"郑师傅反而向我们竖起了拇指。真是让我们"不好意思"。

沟那边的小丁、向导正在脱鞋脱袜。

我问郑师傅凭什么下的决心，他说总不能让你们半途而废吧！他停了停又说："湖岸土沙石多，坚硬，不易陷进去。我看了，水不深，再说越野车，底盘高。"

当向导他们正在"摸着石头过沟"时，水泊里腾起几只鸟，黑头，翅膀也如黑缎，只有腹部雪白，是我从未见过的一种。羽色黑得透出无限的灵秀，体形优美异常。是不是燕鸥、贼鸥，我没把握。

不知何故，它们尖锐地叫着，纷纷向过沟的人飞去，且时时做俯冲状。

俯冲时，它们将两翅往后一紧，如箭飞射。待到过沟的两人扬起哄赶的手臂，它们立即抬高脖子，如直升机那般在空中停留——居然能像捕鱼能手小翠鸟一样，潇洒至极！

鸥鸟在遇到危险时，用呼叫来召集同伴。现在鸥群的进攻真可怕，不仅居高临下一啄，而且在上升时会对准目标喷射出又臭又腥的粪液，就像发射空对地导弹一样。因此小丁和向导一边要小心翼翼地蹚水，一边要驱赶鸥鸟，狼狈不堪。

鸟也有情？

它们就是这样一会俯冲，一会利用能在空中停留的特殊技能，发射"臭弹"，那真是弹无虚发。不一会儿，那两人的头上、身上都是白花花的一片了。

我们简直看呆了……

还是李老师反应快,大呼小叫,帮着驱赶正怒火燃烧的"勇士"们。

可它们对我们这种虚张声势不理不睬,只是紧跟他们两人上下翻飞。

眼下已过了繁殖期,这不可能是维护巢区的行动。难道这个水泊中食物丰富,它们在驱赶来犯之敌?可水泊中没有其他的鸟类。

这两个倒霉蛋!

他们终于摆脱了鸟的围攻。那一身又腥又臭的味儿,刺得郑师傅皱紧了眉头,说:"快去洗洗!"

还用说,小丁已走到鄂陵湖边,刚掬水时,有人说了一句:

"别把这湖好水污染了,这是黄河源!"

小丁缩回手,茫然地看着我们。

就为这,我原谅了他。于是,我们一起找了一个孤立的小水凼,让他先洗洗。

回到驻地后,我见他用了几盆水洗头,又是擦香皂,又是抹洗头膏……可是后来几天,一路上车中还不时弥漫起腥臭味。

沿着山脚走了一段,左前方出现了一个小湖,面积有几百平方千米,水为白色。小湖上"扑棱棱"飞起一群野鸭,只转了个圈子,又落到了湖面。远处一群黑颈鹤,很有修养,悠闲地游着,长颈如桅,身如浮船,或梳理羽毛,或将头插入翅中假寐……

这里是水鸟的天堂。

喇嘛庙的金顶在蓝天下闪闪发光。庙外有四五排整齐的玛尼堆,每排有一米多高,二三十米长。这是信徒们留石堆砌的,每块石头上都写有彩色的六字箴言。这是今天我们在黄河源看到的唯一有居民的地方。

原以为一直向前去扎陵湖,谁知车离开了鄂陵湖,向山上开去。山坡上绿草如茵。

"旱獭!"

真的,一只金黄色的旱獭直立在洞口,露出浅黄色的肚皮,它用泛着黄晕的眼珠盯着车子,是好奇还是警惕?

正在观看旱獭滑稽相时,李老师急叫停车。

她跳下去就对着山坡按动快门——五六只原羚正在奔跑,草丛中时时现出它们金黄色的身子和头上的犄角。这群精灵未下到山谷,而是沿着山坡跑了一段路,然后停下来,齐刷刷地扭转头对着我们。

李老师提脚要去追。

向导说,前几年来这里时,原羚、野驴就在草坡上吃草,根本不理睬车来车往,这几年这种现象少多了。李老师,你追不到,它们跑得可快了。这里可是海拔四千七八百米呢。

知识链接

鸥,鸟纲,鸥科各种类的通称。羽毛多为灰色、白色,嘴扁平,趾间有蹼,翼长而尖。主食鱼类、昆虫、多种水生动物。鸥种类繁多,广布于全球海洋和内陆河川。海鸥爱拣食船上人们抛弃的残羹剩饭,故有"海港清洁工"的绰号。

黄河源之三：牛头碑

刘先平

我请车自顾开上去，我和李老师慢慢爬上去。一是想完成一种心愿，虔诚！既然是朝拜神圣的殿堂，哪有坐车之理呢？二是想拍摄野驴、原羚。

我一再劝李老师放慢脚步，可走了四五十米之后，心跳加快，喘气粗重，头也有点木木的。但心里洋溢着喜悦、自豪。我们相搀相扶、走走停停……

终于，一座巨大的石碑矗立在面前——著名的牛头碑——碑顶塑有巨大的牛头。两边犄角雄壮威武，碑面有胡耀邦题词"黄河源头"。碑上记载这是上海造船厂在此立的。

我揣测着那位雕塑家的构思——两只犄角，是寓意两湖为源头？

再仔细揣摩这座巨碑，它还表达了一种只可意会，却难以言传的意味，尤其它是上海造船厂建立的。

放眼望去，蓝天下，有一个白色的大湖，汪洋在山下，那应是扎陵湖了。向导说过，鄂陵湖湖水为蓝色，扎陵湖湖水为白色，蓝白相互辉映。

扎陵湖面积520多平方千米，和鄂陵湖相反，它东西长，南北窄，如一个聚宝盆。两湖之间有一长长的山谷和巴颜朗玛山。

"黄河之水天上来"是大诗人李白的浪漫抒怀。古籍中曾将黄河记载为河、浤河、中国河。

历史上对这条大河的探索从未止歇。《博物志》说："河源出星宿，初出甚清，带赤色。"

公元1280年，元代探寻河源的专使认为星宿海是黄河之源，且详细地描述道："有泉百余泓，或泉或潦，水沮如散涣，方可七八十里，且泥淖溺，不胜人迹，弗可逼视，履高山下瞰，灿若列星。"到了清代，对河源的认识已接近事实。

20世纪50年代的考察，却因将扎陵湖和鄂陵湖张冠李戴，引起了争论。直到1978年，国家再次组织人员考察，才最后确认卡日曲是黄河源。

卡日曲发源于巴颜喀拉山北麓的雪山。卡日曲藏语意为"红铜色的河"。它沿途接纳百川汇成星宿海。河流继续向东，在一广袤的盆地，形成扎陵湖、鄂陵湖两个大湖。

黄教授描述道：黄河从西南角进入扎陵湖，晴日站在高处，浑黄的河水在清澈的湖中如一袭飘带，形成特殊的蔚为壮观的景色。湖满则溢，散漫出山谷，形成大片沼泽。沼泽地如魔术师一般，将湖水重组成九股川溪流向鄂陵湖……

我们极目望去，却仍难以看到扎陵湖上的奇观。鄂陵湖上的小岛，历历在目。小何曾说过，那岛上有一群白唇鹿。白唇鹿是国家一级珍稀动物。冬季那些精灵从冰面出走，访问外部的世界；夏季游水，寻找食物。但从不迁出小岛。

右前方的山下，无边无际的沼泽地中，小溪、水泊如繁星闪耀，那似乎就是扎陵湖走进鄂陵湖的足迹……

黄河以自己的脚步，绘出了万千气象，谱写出壮美的诗篇！

千万年来，人们歌颂着黄河，赞美着黄河！

黄河在中国人的心目中，有着特殊的崇高、神圣！

大河，是生命之河、文化之河、色彩之河……

　　与古巴比伦、古埃及、古印度同称世界四大文明古国的中国，殷商（首都今河南安阳）时期的灿烂文化正是在黄河的摇篮中繁荣起来的。而世界上其他大多数地区，还在原始社会中。

　　黄河完全有理由自豪！自殷商至北宋的2 500年间，她一直是中国的政治、经济、文化中心。

　　在她岸边的古长安是秦汉至隋唐11个朝代的首都。时间跨度达1 100多年。洛阳是9个朝代的首都。这份荣耀，在世界史上也是罕见的。

　　历史的波澜在思绪中激扬，这是与黄河的历史在对话。在牛头山上的眺望中与自然的对话——时而如涓涓细流，时而如大湖悠远，时而如滔滔流水，时而如野花怒放的草原……

　　我想，朝拜江源，实际上是一场对话，是对自然的敬畏、对生命的敬畏！

　　我和李老师整了整衣冠，肃穆地面向黄河源头站立着。在行鞠躬三拜时，泪水盈满了眼眶……

　　下山时，那群原羚又回到了老地方。让李老师拍尽兴了，它们才慢慢地往山谷走去。

　　忽见李老师摇摇晃晃。脚下就是陡崖，吓得我紧走两步扶住了她。

　　"怎么站起来就发晕？"

　　"我也是。海拔毕竟有四千七八百米呢！"

　　"那你怎么不早说？"

　　"说了头就不晕？"

　　"哈哈……"

　　因为转换了角度，一群牦牛在对面山沟显现出来。似乎直到这时，我才想起沿途并未见到庞大的羊群。

　　郑师傅特意挑了一处湖滩浅缓处，休息、吃干粮。我却赶紧赤脚走到湖水中。啊！水真凉，不禁打了个激灵。但彻骨的冰凉中，皮肤对青蓝的水自有特殊的感受，这是圣水啊！

李老师只顾在水中捡石头，说是有鱼在啄腿。不多时，竟然掬起一条小鱼，慌忙走到岸上给郑师傅他们看……

知识链接

扎陵湖，在藏语意为"灰白色长湖"。其是青海省黄河上源的大淡水湖。在玛多县西部、鄂陵湖以西，与曲麻莱县相邻。面积526平方千米，湖面海拔4 292米，最深达13.1米，贮水量46.7亿立方米。湖水清澈，沿岸多浅滩。黄河上源自西面注入，东南流出。湖中水产资源丰富，与鄂陵湖同为青海水产捕捞基地。湖滨为重要牧场，景色优美。

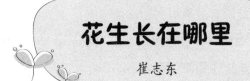

花生长在哪里

崔志东

在秋天丰收的季节里,兔妈妈领着小白兔来到花生地里。

兔妈妈问小白兔:"你知道花生长在什么地方吗?"

"当然是长在花生的根上了。"小白兔不假思索地回答说。

兔妈妈说:"不对!"

小白兔很不服气,就去问树上的喜鹊姐姐:"喜鹊姐姐,你说花生长在什么地方?"

"长在根上呀!"喜鹊姐姐毫不含糊地说。

"就是嘛!谢谢你,喜鹊姐姐!"为了得到更多人的支持,小白兔又去问松鼠大叔:"松鼠大叔,您说花生长在什么地方?"

松鼠大叔说:"我看到农民伯伯从地里拔出来的花生都长在根上面。我还在他们摘完的花生根上捡到几颗花生哩!吃起来又香又甜。"

小白兔又去问老槐树爷爷:"老槐树爷爷,您说花生长在什么地方?"

老槐树爷爷笑了一笑,捋了一下胡须说:"你还是跟你妈妈到花生地里,拔出一株花生来看看吧!"

小白兔又去了花生地。兔妈妈拔出来一株花生,小白兔看到花生果然长在根上面,拍着小手叫了起来:"啊!怎么样,我说对了吧!妈妈。"

这时,兔妈妈把这株花生的根部转到上面,再一看,只见一颗颗胖胖的花生都挂在茎部的须根上,垂落在花生茎部的四周,一条粗粗的主根上面一颗花生也没有。

小白兔摸了一下后脑勺:"这是怎么回事?主根上怎么偏偏不长花生,茎上的一根根'须根'上却长出花生呢?真奇了怪了!"

兔妈妈笑着说:"花生又叫作'落花生',你知道为什么吗?"

小白兔的小脑袋摇得像拨浪鼓似的说:"我不知道!"

兔妈妈说,我昨天上网查了有关的资料,资料上说:"花生是在地上开花,在地下结果的植物。花生分枝下端开的黄花叫作'可孕花',经过传粉受精后,子房柄(俗称'须根')向下生长,在土壤里继续发育成果实,即花生。所以人们称它为'落花生'。"

小白兔和喜鹊姐姐,还有松鼠叔叔恍然大悟,异口同声地说:"原来是这样啊!"

兔妈妈说:"有一个关于花生的谜语说得好:根根胡须入泥沙,自造房屋自安家。地上开花不结果,地下结果不开花。"

老槐树爷爷哈哈大笑,捋了捋胡须说:"兔妈妈说得太好了!我们以后观察任何事物不能马虎草率、不求甚解,想当然地去下结论;更不能人云亦云,以讹传讹了。要想正确地认识事物,就要深入、细致地调查研究,要有'打破砂锅问到底'的精神,这样才能真正看清事物的本质。"

知识链接

花生,亦称"落花生""长生果"。豆科。一年生草本。茎匍匐或直立。羽状复叶。腋生总状花序,蝶形花黄色,受精后子房柄迅速伸长,钻入土中,子房在黑暗中发育成荚果。种子(花生仁)呈椭圆、圆锥等形,种皮有淡红、红、黄、紫红等色。喜暖,喜光,喜疏松的沙壤土,较为耐旱、耐瘠、耐酸,适应性广。中医学上以种皮入药,称"花生衣",其具有收敛止血功能。

科学史上著名公案——谁发现了艾滋病病毒

方舟子

2008年10月6日，法国科学家吕克·蒙塔尼和弗朗索瓦丝·巴尔—西诺西因为发现了艾滋病病毒，所以与发现人类乳头状瘤病毒的德国科学家哈拉尔德·楚尔·豪森分享诺贝尔生理学或医学奖。消息公布后，美国病毒学家罗伯特·盖洛在接受美联社采访时，对自己未能获奖表示失望。为了艾滋病病毒的发现权，罗伯特·盖洛与吕克·蒙塔尼已争夺多年，在卡罗林斯卡医学院做出决定之前，孰是孰非其实已有结论。

1981年，几个实验室分别报告在同性恋青年男子群体中诊断出一种新的传染病——艾滋病。之后，在世界各地开始了一场鉴定、分离其病原体的竞赛。1983年1月，法国巴斯德研究所蒙塔尼实验室的吕克·蒙塔尼、弗朗索瓦丝·巴尔—西诺西及其同事首先从巴黎一名患者的淋巴结中分离出了病毒。他们发现其淋巴细胞中有反转录酶，表明感染了反转录病毒——人和其他大多数生物一样，遗传信息的传递是从DNA（脱氧核糖核酸）传到RNA（核糖核酸），这个过程叫转录，但有的病毒反过来，遗传信息是从RNA传到DNA，称为反转录，这个过程由反转录酶控制，所以检测到反转录酶，就表明存在反转录病毒。随后，他们在电子显微镜下看到了病毒的实体。于是，蒙塔尼实验室在1983年5月20日出版的美国《科学》杂志上发表了这一发现。

同一期的《科学》还发表了三篇有关艾滋病病毒的论文，其中两篇出自美国国家癌症研究所的盖洛实验室，另一篇出自哈佛大学医学院米隆·艾萨克斯实验室，这三篇论文都认为艾滋病是由一种能引起癌症的反转录病毒（人类T细胞白血病病毒1型，简称"HTLV-1"）引起的。这种病毒是盖洛实验室在1980年发现的。1982年，盖洛实验室发现了该病毒的2型HTLV-2。蒙塔尼实验室向盖洛实验室要来这两种病毒，以便与他们发现的艾滋病病毒做对比。

1983年夏天，蒙塔尼实验室确认他们发现的病毒不是HTLV，而是一种新病毒。他们将它命名为"淋巴结病相关病毒（简称'LAV'）"。9月，他们研发出了检测血液中是否含有艾滋病病毒的检测方法，并申请英国专利。12月，他们又向美国专利局申请专利。这一年9月，吕克·蒙塔尼到美国冷泉港参加会议，报告他们对LAV的发现。他把LAV病毒株交给盖洛，并签署了一份合同，声明盖洛实验室只能用它做学术研究，不能用以商业用途。

1983年秋天，盖洛实验室从美国艾滋病患者身上分离出了病毒。他们仍然认为艾滋病病毒是HTLV-1，其论文发表在1984年5月11日《科学》上。但是在该论文发表之前，1984年4月，盖洛和美国卫生与人类服务部突然宣布，盖洛实验室发现的艾滋病病毒是一种新型的HTLV病毒，他们称之为"HTLV-3"，论文在1984年5月4日的《科学》上发表。他们同时宣布研发出了检测艾滋病病毒的方法并申请专利。1985年5月，美国专利局授予该专利，而早几个月提出申请的巴斯德研究所却奇怪地没能获得该专利。

1985年1月，蒙塔尼实验室和盖洛实验室几乎同时发表对LAV和HTLV-3的基因组序列的测定结果。二者极为相似，只有1.8%的差异。但是与HTLV-1和HTLV-2有很大差异，说明艾滋病病毒不是一种HTLV，盖

洛实验室将之称为HTLV-3是不合适的。一个命名委员会建议将艾滋病病毒称为"人类免疫缺陷病毒（简称'HIV'）"。1986年，罗伯特·盖洛和吕克·蒙塔尼由于发现艾滋病病毒而分享拉斯克医学奖，这是生物医学界仅次于诺贝尔奖的大奖。此前，罗伯特·盖洛在1982年因发现HTLV而获得拉斯克医学奖，他成了美国国家卫生研究院中唯一两次获得拉斯克医学奖的人。

随着更多的HIV病毒株的基因组序列被测定，人们发现HIV非常容易发生突变，从不同艾滋病患者身上分离出的HIV序列存在较大的差异，而蒙塔尼实验室和盖洛实验室分离出的HIV病毒株的序列几乎一致，是很不正常的，这就不能不让人怀疑盖洛实验室实际上是用了蒙塔尼实验室提供的病毒株。为此，1985年12月，巴斯德研究所向美国法庭起诉，控告盖洛实验室和美国国家癌症研究所违反合同，将他们提供的LAV病毒株用于商业用途，要求把检测专利授予巴斯德研究所。这场官司持续了1年多，惊动了当时的美国总统里根和当时的法国总统密特朗，在他们的主持下，双方于1987年3月底达成协议，平分专利费。

艾滋病病毒检测专利的问题虽然解决了，但是艾滋病病毒发现权的问题并没有解决：盖洛实验室是否盗用了蒙塔尼实验室的病毒株？盖洛实验室起初否认二者是同一个病毒株，后来不得不承认二者相同，但反过来指控蒙塔尼实验室盗用了他们的病毒株，蒙塔尼实验室不是曾经向他们要过HTLV病毒株吗？这个反指控非常可笑，蒙塔尼实验室在收到盖洛实验室提供的HTLV病毒株之前，已经发表了发现艾滋病病毒的论文。盖洛实验室的艾滋病病毒株据称是米库拉斯·波波维克分离出来的，对其来源米库拉斯·波波维克一直含糊其词，后来干脆说是从许多患者的混合血液中分离的，这种分离方法是很不正常的。1986年5月，盖洛实验室在《科学》上发了个更正，称1984年5月4日登在《科学》上的论文，误把法国人提供的LAV病毒株的照片当成了HTLV-3病毒株的照片。

这究竟是个无意的失误，还是有意的造假呢？随着双方的庭外和解，似乎不值得再去追究了。但是，事态才平息了2年多，《芝加哥论坛报》的一篇文章又把盖子给掀开了。《芝加哥论坛报》记者、普利策奖获得者约翰·克鲁德森在1989年11月19日发表长篇报道，揭露罗伯特·盖洛剽窃巴斯德研究所的艾滋病病毒研究成果。这篇报道迫使美国政府调查此事。1992年，美国卫生与人类服务部科研诚信办公室认定罗伯特·盖洛和米库拉斯·波波维克有不端行为。但是到1993年11月，据称在美国政府高层的干预下，科研诚信办公室撤销了对罗伯特·盖洛和米库拉斯·波波维克的指控，因为根据"新标准"，所以现有的证据不足以证明他们有不端行为。

1994年7月11日，美国卫生与人类服务部终于承认"巴斯德研究所提供的病毒在1984年被美国国家癌症研究所的科学家用以发明美国HIV检测工具"，并同意让巴斯德研究所分享更多的专利费。这一年罗伯特·盖洛离开了国家癌症研究所，到马里兰大学任教，不过每年还能收取10万美元的专利费。

这个事件并不只是两个实验室在争夺学术荣誉，更是两个国家在争夺国家荣誉和市场，艾滋病病毒检测方法很快被用以血液的筛查，当时每年能有几百万美元的专利收入。美国政府一开始就强挺罗伯特·盖洛，因此罗伯特·盖洛的专利申请虽比法国的晚了几个月，但获得了专利，在事情败露之后又采取息事宁人的做法，拖了10年，由于媒体的介入，才有了官方调查和结论。盖洛实验室的利益变成了美国政府的利益，这造成了严重的后果。科研诚信办公室曾经严厉批评罗伯特·盖洛的所作所为，称其"严重地阻碍了艾滋病研究的进展"，但罗伯特·盖洛的所作所为还不是因为有政府的撑腰？

知识链接

艾滋病,全称"获得性免疫缺陷综合征",音译为"艾滋病",是一种严重细胞免疫功能缺陷,且常合并多种机会性感染及恶性肿瘤的疾病。病原体是人类免疫缺陷病毒。它主要通过性接触传播,也可经血液及血制品传播,以及围生期母婴传播。每年的12月1日为世界艾滋病日。

第四辑
科学家的故事

在人类历史发展的长河中,涌现出了许多灿烂耀眼的科学家,他们就像夜空中闪闪发亮的星星,照耀着人类前进的步伐。

虽然科学家们生活的年代、环境、文化不一样,但是他们在通往成功道路上所付出的努力是相同的。科学家们辛勤的汗水、不屈的精神、坚定的信念以及伟大的人格,是他们成功的基础,也给后人留下享用不尽的精神财富。

每一位科学家成功的背后,都有一些鲜为人知的故事。阅读科学家的故事,可以让我们走近他们,了解他们是如何探索真理的,从而更好地规划我们的人生。

现在,就让我们走进这些故事,领略科学家们的伟大之处吧!

李冰：修筑都江堰的卓越水利工程专家

薛 艳

在2 000多年前的战国时期，蜀郡（今四川）水旱灾害连年发生，人们称之为"泽国""赤盆"。老百姓在灾难中苦苦煎熬，家无隔夜粮，身无御寒衣，贫困至极。

自从李冰父子率领民众修筑都江堰水利工程后，蜀郡由贫穷走向富裕，从"泽国""赤盆"变成"天府之国"。2 000多年过去了，都江堰，这个伟大的水利工程仍然在发挥着作用。

李冰，战国时期水利家。生卒年不详。公元前256年，李冰被任命为蜀郡守。李冰到蜀郡后，看到当地灾情严重。当山上积雪融化或夏秋洪水泛滥时，西边岷江的大水就会吞没大片的庄稼、房屋，人们流离失所；东边地势较高，灌溉用水非常困难，地里的庄稼常常枯死。李冰意识到，征服岷江，修筑水利工程，是变水害为水利。于是，他到任后不久，便开始着手进行大规模的治水工作。

李冰带领儿子二郎和当地几位有经验的农民，跋山涉水，进行实地考察和沿途访问，了解了水情、地势等情况后，制订了治理岷江的方案。他决定先把玉垒山凿开一个缺口，对岷江的水进行分流，这样，既可以分洪减灾，又可以引水灌溉，一举两得。

玉垒山缺口的形状像个瓶口，人们叫它"宝瓶口"。被分开的玉垒

山末端，状如大石堆，后人称作"离堆"。

修筑水利工程是民心所向，老百姓踊跃参加，卖力苦干。寒来暑往，玉垒山开凿成功了，人们欢欣鼓舞。等洪水到来时，成千上万的人跑到山顶上观望，李冰也在其中。他发现宝瓶口地势高，流入宝瓶口的水量不多，分洪的效果不理想，洪水量大时，西岸仍然会发生水灾，这使他很焦虑。

李冰父子再次对岷江进行详细的调查和勘测，决定在距离玉垒山稍远的江心修筑一道分水堰，把岷江的水分成两股，使其中的一股进入宝瓶口。

2 000多年前，要在浪涛翻滚的江心筑起一道大堰来，谈何容易。刚开始，李冰父子带领民众往江心抛石筑堰，但是石头很快就被水冲走了，多次试验都没有成功。

李冰毫不灰心，继续寻找新的筑堰办法。他再次走访考察，在一条小溪边，他发现几个洗衣妇女为了将溪水堵住，她们有的把衣服放在竹篮里堵水，有的在竹篮里装上石头挡住水流，形成一个小小的"水坝"。李冰受到启发，想到了用竹笼装鹅卵石筑堰的方法。他马上回去发动民众砍伐竹子，然后编竹笼，开始了用竹笼装鹅卵石在江中筑堰的试验。他让竹工编织长三丈、直径两尺的大竹笼，装满鹅卵石，然后一个一个沉入江心，终于在江心筑起了一条狭长的小岛似的分水大堰。岷江在这里被分成两条支流。大堰西边的江水，流经原来的水道。大堰东边的水，流经宝瓶口后，再分成许多大小沟渠、河道，组成一个纵横交错的扇形水网，灌溉成都平原的千里农田。

李冰修建的都江堰由鱼嘴、飞沙堰和宝瓶口及渠道网组成。鱼嘴是在宝瓶口上游岷江江心修筑的分水堰，因堰的顶部形如鱼嘴而得名。它将岷江分为内外江，起着航运、灌溉与分洪的作用。飞沙堰是一个溢洪排沙的低堰，它与宝瓶口配合使用，可保证内江灌溉区的水量。宝瓶口

是控制内江流量的咽喉,它不仅是进水口,而且其狭窄的通道形成了一道自动节水的水门,对内江渠系起保护作用,有效地控制了岷江水流。李冰修成宝瓶口之后,又开两条主渠,沟通成都平原上零星分布的农田灌溉渠,初步建成了规模巨大的都江堰水利工程的渠道网。

都江堰虽然修建于2 000多年前,可是它的规划、设计和施工方法都具有高度的科学性,在中国古代许多宏伟的水利工程中首屈一指,在世界上也是罕见的奇迹。我国古代兴修了许多水利工程,很多都废弃了。然而,李冰修筑的都江堰经久不衰,至今仍发挥着防洪、灌溉和运输等多种功能。

自都江堰水利工程建成后,千百年来危害人民的岷江水患被根除了。蜀地发生了翻天覆地的变化,农业生产发展迅速,成为闻名全国的鱼米之乡。李冰为蜀地的发展做出了不可磨灭的贡献,人们永远怀念他。2 000多年来,四川人民把李冰尊为"川主",并且在都江堰东岸修建了一座"二王庙"来纪念李冰父子。

李冰以严谨的态度和科学的方法,经过多次努力实践,才修建成造福人类的宏伟水利工程。

李冰的伟大功绩,为历代文人所赞颂,如唐代的杜甫这样称赞道:"君不见秦时蜀太守,刻石立作三犀牛。自古虽有厌胜法,天生江水向东流。蜀人矜夸一千载,泛滥不近张仪楼。"清代的宋树森这样称赞道:"我闻蜀守凿离堆,两崖劈破势崔巍,岷江至此画南北,宝瓶倒泻数如雷。"1955年,郭沫若题词:"李冰掘离堆,凿盐井,不仅嘉惠蜀人,实为中国二千数百年前卓越之工程技术专家。"

华佗：一代神医，外科圣手

薛 艳

对病人实施麻醉并进行外科手术，似乎是近代才有的事。事实真的如此吗？其实，在2 000年前，中国的神医华佗就已经发明并使用麻醉剂进行外科手术了。

华佗，东汉末年著名医学家，沛国谯县（今安徽省亳州市）人。华佗医术高明，精通内、妇、儿等科，尤其擅长外科，精于手术，被后人称为"一代神医""外科圣手"。他行医足迹遍及安徽、山东、河南、江苏等地。

华佗年少时跟师傅学医，不管是干杂活还是采草药，都很勤快、卖力。师傅对他的表现很满意，于是让他开始学抓药。因为铺子里只有一杆秤，要轮流使用，所以师兄们欺负华佗年幼，从不让他沾手。华佗看着师傅开单的数量，将师兄们称好的药用手掂了掂，心里默默记着分量，等闲下时再偷偷将自己掂量过的药草用秤称称，对照一下，这样天长日久，也就练熟了。有一回，师傅来看华佗抓药，见华佗竟不用秤，抓了就包，很生气，责备华佗说："你不知道药的分量拿错了会害死人的吗？"华佗笑了笑说："师傅，错不了，不信您称称看。"师傅拿过华佗包的药，称了一下，竟跟自己开的分量分毫不差。再称其他几剂包好的药，依然如此，师傅心里暗暗称奇，后来一查问，才知道是华佗刻苦练习的结果。

华佗出师后，不像师兄们那样急于开业挣钱，而是想着如何把医术

再提升一步。于是他背起行囊,游历各地,拜名医为师,虚心请教。另外,他潜心钻研了秦汉以来医学大师扁鹊等人的宝贵医学遗产,在理论上奠定了坚实基础。直到功底深厚了,他才开始行医。

在多年临床实践中,他广泛搜集药方,多方面接触病例,总结经验,丰富临床知识。经过数十年的实践,华佗的医术达到炉火纯青的地步。他诊断精确、方法简捷,被誉为"神医",创造了许多奇迹。

一次,华佗走进一家酒馆,看见一个名叫严昕的熟人正和朋友饮酒。华佗仔细观察了严昕的脸色,问他:"你身体不舒服吧?"严昕听了,很惊讶,说:"我身体很好呀!"华佗说:"你脸上已显示出严重的病状,恐怕要患中风了。你千万别喝酒了!"严昕听后置若罔闻,继续饮酒。回家途中,严昕晕倒在地,第二天就死了。

又一次,有一个妇女,腰酸背痛得吃不下饭、喝不了水,家人请华佗来诊治。华佗把完脉后对妇女的丈夫说:"从脉象上看,她是怀孕期间受了伤,胎儿没下来。"妇女的丈夫说:"对了,她是受了伤,可胎儿已经生下来了。"华佗说:"从脉理来看,是双胞胎。在她受伤以后,第二个胎儿没能顺利生下来,死在肚中,导致血脉不通。"随后,华佗给她做了手术,从那个妇女的肚子里果然取出了一个胎儿。

华佗治病从不墨守成规,创造性地运用各种方法。有一个郡守得了重病,华佗诊查后,退出病房,告诉他的儿子:"你父亲得的病很奇怪。他的肚子里积了很多瘀血,服药根本无效,只有他大发雷霆,吐出瘀血,病才会好。"郡守儿子着急地说:"怎样才能让他吐出瘀血呢?"华佗说:"请你把你父亲的缺点告诉我,我给他写封信,大骂他一顿。他一生气,就会将瘀血吐出来。"后来,郡守看见华佗给他的信,果然怒不可遏,发了一通火,并吐出了大量黑血,不久病就痊愈了。

人们都说,一般医生只关注病人所患的病,而华佗不仅关注病,更

关注患病的人。

的确如此,华佗治病,根据病人的不同情况,进行不同的治疗。曹操患偏头病,久治无效,经华佗扎针后就不痛了。倪寻和李延两人也患头痛症,症状相同。但华佗的治法大不一样,他不用针扎,而让他们吃药,并且二人吃的药也不一样,倪寻吃泻药,李延吃发汗药,结果全治好了。别人问他这是什么道理。华佗说:"三人症状相同,病因却不一样,并且他们的身体素质、气质秉性也各有差异,因此治法不能一样。"

另外,华佗创立了著名的"五禽戏"。"五禽戏"就是模仿五种动物的动作和神态来舒展筋骨、畅通经脉。五禽,分别为虎、鹿、熊、猿、鸟,常做五禽戏可以使手足灵活,血脉通畅,还能防病祛病。他的学生吴普用这种方法强身,活到90岁还耳聪目明、发黑齿坚。

然而,华佗热心在民间给普通人治病,为他们奉献自己的精湛医术,但曹操想让华佗前来做他的侍医。丢下那么多病人,专门侍奉曹操一人,华佗自然是不愿意的。他便托故离开曹操,一去不归。曹操见华佗不愿意为自己服务,一怒之下杀了华佗。一代神医,就此陨落。更可惜的是,华佗总结自己医疗经验的著作《青囊书》,也在监狱中被毁了。

李时珍：著《本草纲目》的伟大医药学家

薛 艳

李时珍是个医生，他认为医和药是密不可分的，认为不懂药性的医生，不仅不能担负起救死扶伤的责任，反而会造成严重的医疗事故。于是，他走遍大江南北，寻遍各种草药，弄清了各种药物的形态和性能，并参考历代有关医药书800多种，写成了皇皇巨著《本草纲目》，给行医者提供了用药准绳。

李时珍，字东璧，晚年自号濒湖山人，湖北蕲州（今湖北省黄冈市蕲春县蕲州镇）人。中国古代伟大的医学家、药物学家。他穷尽毕生精力完成的《本草纲目》一书，是我国明代药物学的巨著。

李时珍出身于三代相传的医户人家，父亲李月池是当地有名的医生。在那个时代，医生的地位非常低，李月池决定让儿子李时珍走科举之路，这样可以谋得一官半职，光宗耀祖。但李时珍不愿走科举之路，向父亲表示要立志学医，做一个为病人解除痛苦的好医生，父亲看他态度坚决，只好答应了。

多年的临床实践，使李时珍懂得，做一个医生，不仅要懂医理，也要懂药理。如果把药物的形态和性能弄错了，就会闹出人命来。他在阅读以前的本草书时，发现不少问题，在药物分类上是"草木不分、虫鱼互混"。比如，"菱蓣"与"女菱"，本是两种药材，而有的本草书说是一种;"兰花"只能供观赏,不能入药用,而有的本草书将"兰花"当作药用的"兰草"。更严重的是,有的本草书竟将有毒的"钩藤"当作补益的"黄精"。李时珍认为以前本草书上的错误,主要是因为对药材缺乏实地考察。同时,宋代以来,我国的药物学有很大发展,尤其是随着中外文化交流的频繁,外来药物不断地增加,但均未被载入本草书中。李时珍认为有必要对以前本草书进行修改和补充。

经过长时间准备,李时珍开始了《本草纲目》的创作。在编写过程中,他脚穿草鞋、身背药篓,带着学生和儿子建元,翻山越岭,访医采药,搜求民间药方,观察和收集药物标本。他的足迹遍布河南、河北、江苏、安徽、江西、湖北等广大地区。李时珍每到一地,就虚心地向当地人请教,其中不乏采药的、种田的、捕鱼的、砍柴的、打猎的。比如芸薹,是治病常用的药,但芸薹究竟是什么样子,《神农本草经》没有清楚地说明,各家注释也不清楚。后来,在一个种菜老人的指点下,李时珍又观察了实物,才知道芸薹实际上就是油菜。

无论是在四处考察中,还是在自己的药圃里,李时珍都会注意观察药物的形态和生长情况。例如,为了认识蕲蛇(白花蛇)及其药性,李时珍开始在蛇贩子那里观察蕲蛇。内行人提醒他,那是从江南兴国州(今阳新县)山里捕来的,不是真的蕲蛇。那么真正的蕲蛇又是什么样的呢?他请教一位捕蛇的人,那人告诉他,蕲蛇牙尖有剧毒,人的四肢被咬伤,要立即截肢,否则就会中毒死亡。因为能医治风痹、惊搐、癣癞等疾病,所以蕲蛇非常珍贵。李时珍追根究底,为了亲眼观察蕲蛇,于是请捕蛇人带他到有蕲蛇的龙峰山上。在捕蛇人的帮助下,李时珍亲眼看见了蕲蛇,并看到了捕蛇的全过程。后来他在《本草纲目》中写到蕲蛇时,描述得简明准确。

李时珍了解药物,并不满足于走马观花式的考察,而是一一对着实

物进行比较核对，弄清了不少似是而非、含混不清的药物。当时，太岳太和山（今称武当山）五龙宫产的"榔梅"，被道士们说成"吃了可以长生不老的仙果"。他们每年采摘回来，进贡给皇帝，官府严禁其他人采摘。李时珍不信道士们的话，要亲自采来，看看它究竟有什么功效。于是，他冒险采了一个。经研究，发现它的功效跟普通的桃子、杏子一样，只能生津止渴，没有什么特殊功效，是一种变了形的榆树果实。为了弄清形态相似的苹、水萍、萍逢草，李时珍曾到家门口的雨湖，还到较远的马口湖、沿市湖、赤东湖进行采集，耐心观察比较，终于纠正了本草书上对苹、水萍、萍逢草的混乱描述。

就这样，李时珍经过长期的实地调查，弄清了药物的许多疑难问题。同时，他又参阅了800多种医药书，经过3次修改，终于在他60岁那年（1578年）完成了《本草纲目》的编写工作。《本草纲目》约有200万字，共52卷，记载药物1 892种，新增药物374种，记载药方10 000多个，附图1 000多幅。这部伟大的著作，吸收了历代本草著作的精华，纠正了前人的许多错误，并有了很多重要发现和突破。直到16世纪，《本草纲目》都是我国最系统、最完整、最科学的一部医药学著作，达尔文称它是"中国古代的百科全书"。

李时珍对人类的贡献是伟大的，因此深受后人的尊敬。为了纪念这位伟大的医药学家，《明史》《白茅堂集》都为他写了传记。

1956年，郭沫若题词纪念李时珍："医中之圣，集中国药学之大成，本草纲目乃一八九二种药物说明，广罗博采，曾费三十年之殚精。造福生民，使多少人延年活命！伟哉夫子，将随民族生命永生。"

张衡：尝试预测地震的第一位科学家

薛 艳

地震造成的灾害往往是异常惨烈的，可是，目前的科技水平只能在震后监测到哪些地方发生了地震以及地震的级别，却不能事先准确地预测地震发生的时间和地点。早在1 800多年前，中国科学家张衡已经尝试着制造测报地震的仪器了。

张衡，字平子，南阳西鄂（今河南南阳市石桥镇）人，是我国东汉时期伟大的天文学家、地理学家，为我国天文学、机械技术、地震学的发展做出了不可磨灭的贡献。

张衡出身于名门望族，其祖父张堪自小志高力行，被人称为"圣童"。张衡像他的祖父一样，自小刻苦学习。除了读书，张衡还有一个特殊的爱好——观察星空。张衡小的时候，常缠着奶奶讲故事。奶奶给他讲"天狗吃月""牛郎织女"等故事，张衡非常感兴趣。从奶奶那儿，他学会了辨认北斗星。

有一次，张衡偶然在一本书中发现了一首诗："斗柄指东，天下皆春；斗柄指南，天下皆夏；斗柄指西，天下皆秋；斗柄指北，天下皆冬。"张衡吃了一惊，北斗星不仅可以使人辨认方向，还和季节有关呀。北斗星既然能在不同的季节指着不同的方向，它就肯定是在不停地转动着！从此，张衡对那浩渺的夜空更加心驰神往了。

少年时代对日月星辰的观察,激发了张衡努力探索天文奥秘的决心。成年后,他致力于探讨天文、历算等学问,渐渐有了名气,被朝廷任命为太史令,负责观察天文,时间长达14年,张衡许多的科学研究工作都是在这一时期完成的。

张衡生活的时期,经常发生地震。一次大地震往往会影响到好几十个郡,城墙、房屋倒塌,人畜死伤无数。当时的人们都把地震看作不吉利的征兆,有的还趁机宣传迷信、欺骗人民。

但是,张衡不信那些迷信说法。他把地震现象记录下来,仔细地研究和试验,终于发明了一个测报地震的仪器,叫作"地动仪"。地动仪是用青铜制造的,形状有点像酒坛,四围刻铸着八条龙,龙头向八个方向伸着。每条龙的嘴里含一颗小铜球,龙头下面,蹲着一只铜制的张着嘴的蛤蟆,对准龙嘴。哪个方向发生了地震,朝着那个方向的龙嘴就会自动张开,把铜球吐出,铜球正好掉进蛤蟆的嘴里,并发出响亮的声音,这样人们就能够得知发生了地震,以及地震发生的时间和方位。

公元138年2月的一天,地动仪上正对西方的龙嘴突然张开来,吐出了铜球。这就是报告西方发生了地震。可是,那一天洛阳一点也没有地震的迹象,也没有听说附近哪儿发生了地震。因此,大伙儿议论纷纷,都说张衡的地动仪是骗人的玩意儿,甚至有人说他有意造谣生事。过了几天,有人骑着快马来向朝廷报告,离洛阳1 000多里的金城、陇西一带发生了大地震,连山都崩塌下来了,大伙儿这才信服。

从现有资料看,张衡是尝试预测地震的第一人,虽然现代科学对他的预测结果颇有争议,但对他的探索精神给予了高度评价。

在数学、地理、绘画和文学等方面,张衡也表现出了非凡的才能和广博的学识,他制造出了指南车、自动计里鼓车、飞行数里的木雕,等等。张衡著有科学、哲学和文学等著作,其中天文著作有《灵宪》和

《灵宪图》等。

张衡的贡献一直受到后人称颂,晋代葛洪在《抱朴子》一书中称他为"木圣"。郭沫若对张衡的评价是:"如此全面发展之人物,在世界史中亦所罕见,万祀千龄,令人景仰。"

为了纪念张衡的功绩,联合国天文组织曾将太阳系中的1802号小行星命名为"张衡星"。另外,人们还将月球背面的一环形山命名为"张衡环形山"。

丁肇中：常说"不知道"的诺贝尔物理学奖得主

薛 艳

1936年，丁肇中出生于美国。他在中国度过了童年、少年时光，20岁时到美国密歇根大学物理系和数学系就读。丁肇中从小在祖父、父亲的影响下，养成了刻苦、一丝不苟的学习习惯。他读书专心致志，遇到疑难问题绝不放过。一次物理老师出了一道思考题，这道题确实很难，很多同学都觉得凭自己现有的知识无法解答，选择了放弃，等着老师讲解。丁肇中则一头钻了进去，日夜思索，终于想到了解决问题的方法，并跑到图书馆查找资料验证答案。直到确认答案与解题方法都没有错误，他才罢休。由于丁肇中勤奋刻苦、善于思考，他的各门功课成绩都是优秀，尤其突出的是数学与物理。

丁肇中初到美国时，口袋里只有100美元。他一边勤奋学习，一边挣钱维持生活。后来，他因成绩优异获得了奖学金，生活才有了保障。他于1960年获硕士学位，1962年获博士学位，成为美国密歇根大学百年历史上从学士到博士完成时间最短的学生。1965年，丁肇中成为纽约哥伦比亚大学讲师，1967年起任麻省理工学院物理学系教授。后来又当选美国艺术与科学院院士。

丁肇中是一位非常珍惜时间的人，他每天清晨5点多钟便起床，直到深夜才就寝，每天十几个小时埋头在实验室里。他说："在汉堡，我的生活就是工作、工作,再工作,工作就是我的兴趣,兴趣使我不会疲倦。对于我的小组,我尽量挑选那些也喜欢刻苦工作的人。"他认为"最浪费不起的是时间"。丁肇中对工作历来一丝不苟,从不马虎,讨厌懒散拖拉的作风。在他身边工作,稍有松懈,就会遭到他严肃的批评。

　　1972年,丁肇中提出了寻找新的长寿命的中性粒子的计划。因为这一实验费用多、难度大,所以他的计划一出来,便遭到各方的批评和责难。一位著名的物理学家这样断言:"即使丁肇中的实验能够搞起来,也没有什么价值。在丁肇中计划实验能量区域内,新的长寿命的中性粒子是根本不存在的,这是一般教科书上的常识。"也有很多人泼冷水:"丁肇中的实验纯属劳民伤财,在他那个实验能量区域内,即使有什么新的粒子出现,也不过是些宽度很大的粒子。"对于各方的非难,丁肇中毫不示弱,他解释说:"这不是不懂常识的问题,而是要靠事实来回答的问题。什么叫常识?常识就是不经证明而常常引用的知识。一个人不可不懂常识,但是过分迷信常识的科学家,往往就会错过一些重大发现的机会。"

　　丁肇中坚信自己的预见,决心向常识挑战。他再三告诉自己的实验组成员:"不要管反对意见是多么不可一世,决不要放弃自己的科学观点,要毫不胆怯地迎接挑战,要始终坚持对科学观点的探求。"经过艰苦的努力,他发现了一种新的基本粒子,将其命名为"J粒子",并因此获得了1976年诺贝尔物理学奖。

　　丁肇中虽然是美国国籍,但对自己的祖国——中国一往情深。按照惯例,在诺贝尔奖授奖仪式上,获奖者要用本国语言发表演讲。丁肇中是美籍华裔,因此在授奖典礼上,他应用英语发表演讲。但丁肇中认为自己是中国人的后代,于是,他向瑞典皇家科学院请求:在授奖仪式上,用汉语致辞。美国政府得知此事后,竭力阻挠。但丁肇中据理力

争,说:"我只不过是在美国的土地上出生而已,是在瑞典领奖而不是在美国,用什么语言是我的自由。"负责颁发诺贝尔奖的人士表示现场没有中文打字机,用中文书写无法打印分发。丁肇中说:"我用手书写,请你们代为复印。"丁肇中的一片赤子之情,令人感动,最后主办方采取了一个折中的办法:在致辞时先用汉语,再用英语复述一次。丁肇中走到讲台中央,用流利的汉语向观众致辞,虽然观众不懂他所讲的内容,但是都饱含敬佩之情。丁肇中在诺贝尔奖颁奖仪式上,如愿以偿地抒发了作为中华民族后代的自豪感。

作为顶尖学者,丁肇中常在世界各地讲学,听众也都抱着极大的热情与他交流,提出各种各样的问题。可奇怪的是,他常以"不知道"作为回答。一次,他为一所学校的师生做了一场题为《国际空间站上的AMS实验》的学术报告,内容是关于寻找太空中的反物质和暗物质,报告厅座无虚席。在聆听完他的报告后,大家踊跃提问:"您觉得人类在太空中能找到反物质和暗物质吗?"丁肇中回答:"不知道。""您觉得您从事的科学实验有什么经济价值吗?"丁肇中回答:"不知道。""您能不能谈谈物理学未来20年的发展方向?"丁肇中还是回答:"不知道。"

一问三不知让在场的所有师生都大感意外。丁肇中表情自然诚恳,没有任何明知不说的矫揉造作。他微笑着说,自己作为一个实验科学家,不知道的事情绝对不能主观推断,而最尖端的科学很难靠判断来确定是怎么回事。简短而平实的话,赢得了全场热烈的掌声,经久不息。

丁肇中虽常用"不知道"来答复别人的提问,但在科学上不断探索"不知道"的领域,努力使"不知道"成为"知道"。

诺贝尔：世界炸药大王

薛 艳

诺贝尔，瑞典伟大的科学家、发明家。他毕生发明近400项。他的299种发明专利中有129种发明是关于炸药的，因此被称为"炸药大王"。1884年，诺贝尔加入瑞典皇家科学会、伦敦的皇家学会和巴黎的土木工程师学会。他不仅把自己的毕生精力全部贡献给了科学事业，而且还立下遗嘱，把自己的遗产捐献出来设立奖金，用以鼓励后人向科学的高峰努力攀登。今天，以他的名字命名的科学奖，已经成为世界上最有分量的科学奖，即诺贝尔奖。

1833年，诺贝尔出生于瑞典首都斯德哥尔摩。诺贝尔的父亲是位发明家，曾发明了家用取暖的锅炉系统，设计了一种制造木轮的机器，设计制造了大锻锤，改造了工厂设备。在父亲的影响下，诺贝尔走上了科学发明道路。

1850年，诺贝尔前往巴黎学习，1860年前后重返瑞典。当时，许多国家迫切要求发展采矿业，加快采掘速度，可炸药不能适应这种需要。改进炸药成了一个亟待解决的大问题。了解各国工业状况后的诺贝尔，坚定了改进炸药生产的决心。在诺贝尔之前，很多人研究和制造过炸药，中国的黑色火药早已传到欧洲，意大利人苏伯莱罗在1847年发明的硝酸甘油，是一种威力比黑色火药大得多的炸药。但是，这种炸药特别敏感，容易爆炸，制造、存放和运输都很危险，人们不知道该怎么使用它。

诺贝尔开始研究，并尝试改进硝酸甘油。他每天把自己关在实验室

里,一次又一次地做着试验。1864年,实验室在制造硝酸甘油的时候发生了爆炸,当场炸死了5人,其中包括诺贝尔最小的弟弟埃米尔。由于危险太大,瑞典政府禁止重建这座工厂。诺贝尔没有灰心,他把实验室搬到市郊湖中的一艘船上继续进行。由于硝酸甘油稳定性不好,因而经常发生爆炸事故,这让世界各国对硝酸甘油失去了信心,有些国家甚至下令禁止制造、贮藏和运输硝酸甘油。面对这种艰难的局面,诺贝尔没有放弃,仍然坚持研究,最终制成了运输和使用都很安全的硝酸甘油工业炸药。之后,诺贝尔研制成一种威力更大的炸药,于1876年取得专利。大约10年后,诺贝尔又研制出无烟炸药。直到今天,在军事工业中普遍使用的火药,都属于这一类型。人们称诺贝尔是"炸药大王",他是当之无愧。诺贝尔是一位和平主义者,他希望发明的炸药有助于消除战争。

诺贝尔研究炸药,始终把研究成果应用到生产领域。他认为只有在生产中取得实际效果的发明,才是有用的。所以,他的发明一般能很快地应用到生产中,并且取得经济收益。到19世纪70年代,诺贝尔已成为工业巨富。

传说他聘用的一个厨娘告诉他,她要辞职去结婚。诺贝尔问这位姑娘要他送点什么结婚礼物。那位聪明的姑娘说:"别的都不要,只想要诺贝尔先生本人一天所挣的钱。"这个请求难倒了诺贝尔,因为诺贝尔也不知道自己一天挣多少钱。然而,诺贝尔是一个讲诚信的人,他经过几天计算后,算出他一天大概能挣4万法郎。于是,他就把4万法郎作为结婚礼物送给了那位姑娘。据说这笔钱在当时仅利息就可以让这位姑娘舒心地过上一辈子。同时,诺贝尔对各种人道主义和科学的慈善事业捐款也十分慷慨,去世前立下遗嘱,将其财产中的大部分——920万美元作为基金,设立物理、化学、生理或医学、文学以及和平事业5种奖金(1968年起瑞典国家银行增设经济学奖金),成为国际最高荣誉的奖金——诺贝

尔奖金,奖励当年在上述领域内做出最大贡献的学者。1901年起,每年诺贝尔奖金在诺贝尔逝世日12月10日颁发。

诺贝尔一生都在为科学做贡献,即使在他生命的垂危之际,他也念念不忘新型炸药的研究。当有人要诺贝尔写自传时,他认为不应拿自己的功绩吹嘘,他写道:"(诺贝尔)主要的美德:保持指甲清洁,从不累及他人。主要的过失:没有太太,脾气很坏,消化不良。唯一的愿望:不被人活埋。最大的罪恶:不祭拜财神。"1896年12月10日,诺贝尔去世,终年63岁。诺贝尔有句名言:"我更关心生者的肚皮,而不是以纪念碑的形式对死者的缅怀。"

巴甫洛夫：忙碌的"科学苦工"

薛 艳

　　1849年，巴甫洛夫出生在俄国乡间的一间小木屋里。他的父亲虽然只是一位平凡的乡村牧师，但喜爱读书，善于思考，做起事来有一股不达目的不罢休的韧劲。这些都对巴甫洛夫产生了很大影响。

　　有一次，巴甫洛夫与他的弟弟一起栽种苹果树，当他们辛辛苦苦把坑挖好的时候，父亲来了，对他们说："你们挖错地方了，这里没有阳光，不适合种苹果树。"巴甫洛夫的弟弟一听，放下了铁锹，准备放弃栽种苹果树。因为此时他们都累得筋疲力尽，手上磨出了许多水泡。可是巴甫洛夫硬拉着弟弟换了一个合适的地方，又重新挖起来，一直坚持到把苹果树种好。巴甫洛夫从小养成的这种坚韧不拔的执着精神，为他日后的科学生涯奠定了基础。

　　巴甫洛夫15岁时，读了英国生理学家路易士的《日常生活的生理学》。这本书的内容深深吸引了他，激起了他对生理学的极大兴趣。1870年，巴甫洛夫中学毕业后，放弃当教士，报考了圣彼得堡大学自然科学系。此时的巴甫洛夫已经有了坚定的信念，那就是为了"使人变得更健康、更聪明、更幸福"而奋斗终生。

　　大学生活格外艰苦，巴甫洛夫虽然成绩优秀并获得了奖学金，但仍要靠做家教来维持生计。为了省下一点马车钱，他每天要步行很远的路去做家教。巴甫洛夫在大学里主修生物，每次手术做得又快又好，渐渐地有了一些名气。大学四年级时，巴甫洛夫在老师的指导下，和另一个同学合作，完成了第一篇科学论文，并获得了学校的金质奖章。

人生目标确立后，巴甫洛夫全身心投入，不愿意浪费一丝一毫的时光。他有一句名言："我要做科学的苦工！"人们也充满敬意地称他为"科学的苦工"。在实验室里研究狗的条件反射现象时，需要非常细心地数从玻璃管中流出的狗的唾滴，并把数字详细地记录下来。一位新来的助手数了一会，就感到单调、乏味，巴甫洛夫对他说："如果有必要，那么数10年、20年都应该坚持下去！"

巴甫洛夫专心投入学术研究，根本无暇顾及日常生活的需求，更不在意衣食住行上的细节。在订婚的时候，他没有钱给女友买贵重的礼物，只能给她买一双鞋，放在要出远门的女友的行李箱里。可是，等他的女友到达目的地打开箱子一看，里面只有一只鞋。她写信问他，巴甫洛夫回信说："别找鞋了。我把它当作一件可以想起你来的纪念物放在了书桌上。"原来，巴甫洛夫记挂着他的实验，心不在焉地放了一只鞋到行李箱里了。结婚时，巴甫洛夫就跟妻子约定：他承诺不喝酒、不打牌、不应酬，暑假陪妻子到乡下度假，但是每年9月至次年5月，每周工作7天，妻子不得干涉他的研究，另外他不负责家庭事务。

辛勤的劳作换来了丰硕的成果。巴甫洛夫成为著名的生理学家、心理学家，高级神经活动学说的创始人，条件反射理论的建构者，也是传统心理学领域之外对心理学发展影响最大的人物之一。巴甫洛夫因为在消化生理学方面的出色成绩而荣获1904年诺贝尔生理学或医学奖，成为世界上第一个获得诺贝尔奖的生理学家。他通过一系列科学实验，在人类历史上第一次对高级神经活动做了准确客观的描述，为研究人类大脑皮层复杂的高级神经活动开拓了全新的思路，赢得了世人的景仰与崇拜，人们称他为"生理学无冕之王"。

70岁后，巴甫洛夫仍每天乘电车上班。巴甫洛夫对工作的热忱一直

持续到生命的终点。他曾说:"科学要求人们花费毕生的精力。即使你有两倍的寿命,仍然是不够用的。"

巴甫洛夫一生中做了大量的生理学实验。甚至在病危的时候,他仍以自己为标本做实验。他把自己关在屋子里,感受自己越来越糟的身体状况,不断地向坐在身边的助手口授生命衰变的各种变化,为生理学研究留下宝贵的第一手资料。人们得知他的病况,便去探望他。但是,他对敲门的人说:"巴甫洛夫很忙……巴甫洛夫正在死亡。"这句话成了巴甫洛夫的遗嘱。1936年2月27日,巴甫洛夫与世长辞。

霍金：坐在轮椅上探索宇宙

薛 艳

霍金，英国剑桥大学应用数学及理论物理学系教授，研究广义相对论和宇宙论的伟大科学家，被称为当代"宇宙之王"。他在21岁时患上运动神经元疾病，几乎全身瘫痪，无法说话，只能依靠对话机和语言合成器与人交流。他的身体虽然是残缺的，但他以天才般的大脑全力投入宇宙探索之中。他的黑洞研究和量子宇宙论等成果享誉科学界，他所著的《时间简史：从大爆炸到黑洞》《果壳中的宇宙》等著作为世人所熟知。《时间简史：从大爆炸到黑洞》自1988年发行以来，已被译成40余种文字，在全世界的销量有2 500多万册。

霍金并非生来就是天才，相反，他在童年时代还表现得有些迟钝。他患疾病的征兆是在大学期间显露出来的。霍金17岁时进入牛津大学物理系学习，三年级时，他发现自己的行动越来越笨拙，走路不稳，经常摔倒。一次，他毫无征兆地从楼梯上摔下来，差一点因此失去记忆。到1962年，霍金经过各种各样的检查，被确诊患上了"卢伽雷氏症"，即运动神经细胞萎缩症，医生预测他只剩两年的生命。医生对他说，他的身体会越来越不听使唤，只有心脏、肺和大脑还能运转，到最后，心和肺也会失效。

这对霍金的打击简直是致命的，他一时心灰意冷，几乎放弃了一切学习和研究，他认为自己不可能活到完成硕士论文的那一天，一切努力都将没有意义。在爱情的支撑下，霍金还是站起来了，坚持与病魔抗争，

并继续完成学业。霍金后来说："当你可能面临死亡时，你就会意识到，生命是何等宝贵，多少事情你还没有完成。"在与疾病抗争的同时，霍金开始陷入对世界的思索中，向爱因斯坦的相对论迈出批判的第一步。

霍金的身体状况越来越糟糕，他渐渐失去了行动的能力。1970年，霍金已无法自己走动，他开始使用轮椅，直到今天，他也没有离开过轮椅。但是霍金仍顽强地工作和生活着。20世纪70年代，他与彭罗斯一起证明了著名的奇性定理，并共同获得了1988年的沃尔夫物理奖。因此他被誉为继爱因斯坦之后世界上最著名的科学思想家和最杰出的理论物理学家。他在统一20世纪物理学的两大基础理论——爱因斯坦的相对论和普朗克的量子论方面走出了重要一步。

1985年，霍金因肺炎做了一次穿气管手术，从此完全失去了说话的能力。于是，他飞驰的思想只能被封闭在自己的大脑中。无法与人交流，这使他觉得生不如死。所幸科技的发达最终使他得以借助电脑和语言合成器，重新表达自己的思想，甚至能够在众人面前演讲。他用仅能活动的几根手指操纵一个特制的鼠标器在电脑屏幕上选择字母、单词来造句，然后通过电脑播放声音。通常制造一个句子要五六分钟，为了合成一个小时的录音演讲要准备几天。霍金就是在这样的情况下，极其艰难地写出了著名的《时间简史：从大爆炸到黑洞》，探索着宇宙的起源。1989年，霍金获英国爵士荣誉称号，另外，他还是英国皇家学会会员和美国科学院外籍院士。

平时，霍金要用很大的努力才能把头抬起来，看书必须依赖一种翻书页的机器，读文献时必须让人将每一页摊平在办公桌上，然后他驱动轮椅一点点地逐页阅读。1991年3月，霍金在一次回公寓时被小汽车撞倒，左臂骨折，头被划破，缝了13针，但48小时后，他又回到办公室投入工作中。在已经完全无法移动之后，他仍然坚持用唯一可以活动的手

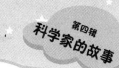

指驱动着轮椅，让自己从家里到办公室工作。霍金身残志坚，非常乐观。与查尔斯王子会晤时，他快乐地旋转着自己的轮椅，结果轧到了查尔斯王子的脚趾头；在另一次聚餐中，他建议大家来跳舞，在大厅里，他欢快地转动起了轮椅。

"无论命运有多坏，人们都应有所作为，有生命就有希望。"这是他的名言。